로크미디어가
유혹하는
재미있는 세상

달빛
조각사

달빛 조각사 19

2009년 11월 25일 초판 1쇄 인쇄
2009년 11월 28일 초판 1쇄 발행

지은이 남희성
발행인 이종주

편집장 손수지
기획 팀 김명국, 이주현
책임 편집 이세종

발행처 (주)로크미디어
출판등록 2003년 3월 24일
주소 서울시 용산구 청파동3가 119-2 진여원BD 5층
Tel (02)3273-5135 Fax (02)3273-5134
홈페이지 rokmedia.com · **E-mail** rokmedia@empal.com

ⓒ 남희성, 2007

값 8,000원

ISBN 978-89-257-1286-4 (19권)
ISBN 978-89-5857-902-1 04810 (세트)

이 책은 (주)로크미디어가 저작권자와의 계약에 따라
발행한 것이므로 본서의 내용을 무단 복제하는 것은
저작권법에 의해 금지되어 있습니다.

작가와의 협의에 의해 인지는 생략합니다.
잘못된 책은 바꾸어 드립니다.

남희성 게임 판타지 소설

차례

유령선의 선장　7

이피아 섬의 저녁　39

배 위의 공연　69

해녀 위드　97

사라진 해적 함대　121

데론해의 오로라　155

지골라스의 모험가　179

조각사들의 유산　211

서윤의 도착　247

네크로맨서의 한계　277

유령선의 선장

위드는 조각 변신술을 통해 리치 해적 더럴로 몸을 바꾸고 있는 상태였다.

리치의 마법이나 생명력, 마나 흡수 능력에 약간의 제약은 있었지만 어쨌든 고위 언데드!

유령 선원들은 위드가 한마디 할 때마다 몸을 와들와들 떨었다.

"제발 노여움을 푸시지요."

"밧줄에 돌과 함께 매달아서 저를 바닷속으로 던지시면 안 됩니다."

"상어가 출몰하는 지역입니다. 선장님, 저를 상어들의 먹이로 쓰지 말아 주십시오. 시키는 일은 무엇이든 하겠습니다."

"딱 2개 남은 이빨을… 설마 이것마저 다 뽑으실 겁니까? 부선장님처럼 외팔이로 만드시려고요?"

공포에 사로잡혀 있는 선원들.

위드가 이 기회를 놓칠 리가 없었다. 거만하게 어깨뼈를 활짝 펴며 물었다.

"너희에게 내가 누구냐?"

"이 배의 주인이시고 온 바다의 지배자이며 저희의 권리자이십니다."

두려움의 상징이던 유령선의 선원들이 손바닥을 비비며 아부를 했다.

약한 자에게 강하고 강한 자에게 약한 전형적인 모습이었다.

"후후후."

"켈켈켈!"

위드와 선원들이 놀고 있을 무렵, 페일 일행은 갑판에 서서 이상해하고 있었다.

"암초로부터 멀어지지를 못하고 있는데 배가 가긴 가는 건가?"

"무지 느린데요."

유령선은 원래 느린 배였다.

위드가 대장장이 스킬로 손을 본다고는 했지만, 유령선은 낡은 골동품이었다.

중형 범선의 최대 수용 가능한 인원은 70명 정도!

페일 일행과 검치 들까지 태우고 있었으니 무게로 인해 배가 수면 아래로 깊이 가라앉아서 나아가지를 못했다.

12인승 엘리베이터에 8명만 타도 정원 초과가 되는 검치들이었다.

"그리고 파도도 엄청 세네요."

"바람도 진행 방향과 거꾸로 부는 것 같고."

역풍에, 심한 파도, 암초들이 바닥을 긁고 해초들이 계속 엉켰다.

불운을 몰고 다니는 유령선!

쿠히이이잉.

이상한 소음과 바다에서 죽은 유령들이 밀려드는 공포의 배.

항해에 온갖 잡다한 악영향이 다 발생하고 있었다.

유령선은 그 자리를 빙빙 맴돌고, 위드와 선원들이 하는 이야기만 멀리까지 들렸다.

"내가 더럴이다."

"최고의 해적 더럴!"

"부유한 자들을 먼저 약탈하고, 가난한 자들과 갓난아이들, 여자들도 가리지 않고 남김없이 싹 털어 버린다는 더럴 님이시죠."

"크겔겔겔."

위드는 거만하게 웃었다.

왼쪽 눈이 있던 자리에는 안대를 착용하고 이마에는 빨간

두건을 둘렀다. 귀가 있어야 할 구멍 난 부위에는 귀걸이까지 걸려 있다.
 짤랑짤랑.
 1실버를 묶어 놓은 귀걸이가 바람이 불 때마다 소리를 냈다.
 "역시 해적은 이렇게 입어야 돼."
 해적 그리고 리치로서의 낭만!
 페일과 다른 동료들은 멀찌감치 떨어지려고 할 뿐이었다.
 가장 어린 수르카마저 외면하게 만드는 차림새였다.

 열이틀간의 지루한 항해가 이어졌다.
 유령선의 속도가 느린 탓에 다른 배들의 3~4배나 되는 시간을 소모하고 나서야 네리아해로 들어섰다.
 네리아해는 베르사 대륙 안쪽으로 깊이 들어가 있는 바다라서, 이곳에서부터는 낚시를 하는 배들이나 모험가들을 태운 배, 상업용 배들이 많이 오간다.
 물론 그동안 유령선에 식량이라고는 거의 남아 있지 않아서 위드와 제피가 낚시 스킬로 조달해서 먹어야 했다.
 낚시 스킬이 중급 4레벨!
 호수나 강, 바다에서만 올릴 수 있는 스킬이라서 다른 것보다 스킬 레벨을 많이 올리지 못했다.
 네리아해에서도 아침, 점심, 저녁으로 낚시를 하고 있었다.
 "월척이다!"

옆에서 제피가 먼저 낚싯대를 걷어 올렸다.
"오호, 이번에는 조개가… 어라? 안에 진주도 들어 있네."
진주조개를 낚은 것이다.
위드는 힐끗 그 광경을 보았지만 해골의 턱을 묵묵히 다물고 있었다.
제피는 낚싯대로 작은 백상아리나 어린 고래, 골동품까지 건졌다. 하지만 위드가 낚는 것은 주로 갈치나 고등어, 운이 좋으면 참돔 정도였다.
미묘한 자존심 경쟁!
위드의 낚시찌도 깊이 아래로 내려갔다.
잠시 후에, 미끼를 물었는지 낚싯줄을 통해 손에 전해지는 느낌이 묵직했다.
'이번엔 나도 대형 어종이구나!'
바다에서는 힘이 넘치고 생명력이 가득한 생선들을 낚을 수 있다. 이런 생선들을 먹으면 생명력 회복이 빨라지는 요리를 만들 수 있고, 생명력의 최대치도 1씩 올려 준다.
물론 같은 요리를 여러 번 먹더라도 효과의 중복은 없었지만, 휴양을 하면서도 강해질 수 있기에 많은 유저들이 편안하게 음식과 휴식을 즐기는 편이었다.
위드가 낚싯줄을 힘차게 끌어올렸다.
"나도 월척이다!"
미끼에 이빨이 끼어 주둥이를 쩌억 벌리고 올라오는 소형 바다 괴물!

굵은 다리가 9개나 달리고, 얼굴까지 못생긴 바다 괴물이 낚싯대에 끌려왔다.

꾸에에엑!

바다 괴물은 위드를 향해 주둥이를 벌리고 위협을 하려고 했다. 하지만 몸뚱이는 리치인 데다 눈에는 기이한 빛이 번뜩 거리고, 심지어 귀까지 뚫은 위드를 보고는 몸서리를 쳤다.

잔인함으로 따지자면 상대를 잘못 고른 셈이었다.

"맛있겠군!"

위드는 바로 바다 괴물을 칼로 난자해서 해물 잡탕의 재료로 사용했다.

바다낚시용 미끼나 낚싯줄 등 완전한 준비가 안 된 상태에서 작지 않은 성과이기는 했지만, 그사이에 제피는 두 팔로 안기도 힘든 참치를 건졌다.

사촌이 땅을 사면 배가 아픈 법!

"크흠."

위드가 잠시 후에 아무렇지도 않은 것처럼 헛기침을 하며 말을 걸었다.

"낚시 실력이 제법이야."

"별거 아닙니다, 형님."

"비싼 것들을 많이 낚던데……."

도자기나 오래된 술병, 보석을 물고 있는 물고기까지, 제

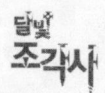

피는 엄청나게 낚았다. 사냥을 하는 것과 비교해도 비슷할 정도의 수입을 올리고 있었다.

제피는 고급 낚시 스킬을 적극 활용했다.

바다낚시에서만 활용할 수 있는 미끼의 흔들림!

근방에 물고기가 접근하면 미끼로 쓰이는 새우나 지렁이, 다랑어 새끼들이 춤을 추며 유혹했다.

큰 물고기로서는 물지 않을 수가 없었다.

제피의 다른 고급 낚시 스킬로는 미끼 추적술도 있었다.

수면을 보고 있으면, 바다 깊이 잠겨 있는 낚싯바늘의 주변이 확대된 것처럼 보였다. 그 낚싯바늘을 마나를 통해 움직일 수도 있었다.

낚싯바늘로 바닷속을 유영하면서 먹잇감을 확인하고 가져오는 것이다.

소문으로는 로열 로드가 열리고 난 이후로 지금까지 낚시만 한 유저가 있는데, 그가 낚은 최대의 물건은 보물이 가득 실려 있는 침몰선이라고 한다.

낚시꾼도 무시할 수 없는 직업이었다.

제피는 좋은 것을 많이 먹어서 체력과 생명력이 높은 것을 이용해 적극적으로 전투에 가담한다.

하지만 여러 몬스터들이 모여 있을 때, 슬쩍 해당 몬스터에 맞는 미끼를 던져서 꼬드겨 오는 것도 낚시꾼이 잘하는 분야였다.

낚시도 알고 보면 굉장히 깊이 있는 분야.

제피는 복잡하게 설명하는 것을 싫어해서 대충 대답했다.

"다 운이죠, 뭐. 제 행운이 700이 넘어서 그런가 보네요."

위드에게 예술 스탯이 있다면 낚시꾼에게는 행운이 있었다.

강가에서 느긋하게 낚시를 즐기면서 체력과 생명력을 늘리고, 엄청난 행운까지 가지고 있는 제피!

사냥을 할 때에도 몬스터들은 실수가 잦았고, 액세서리와 장비들도 훨씬 많이 떨어뜨렸다.

편하게 대충대충 사는 것 같은데도 남들보다 앞서 나가는 전형적인 얄미운 캐릭터!

제피가 낚싯대를 늘어뜨리면서 조심스럽게 말을 걸었다.

"그런데 형님, 유린이 말입니다."

"응?"

"혹시나 해서 물어보는 건데요, 유린이에게 남자 친구가 생긴다면 말이죠, 어떤 남자와 잘 어울릴까요? 그냥 형님의 생각은 어떤지 궁금해서요."

자신과는 관련이 없는 척 위드의 견해를 넌지시 물어보는 제피였다.

"유린이의 남자 친구라······."

위드는 곰곰이 생각하다가 대답했다.

"착해야지. 내 동생도 많이 아껴 주고."

"역시 그렇죠?"

위드는 여자아이의 일생을 다룬 인형을 만들면서 삶에 대한 깨달음을 얻었다.

유린의 나이가 아직은 어리지만, 세상을 향해서 나아갈 중요한 시기다.

남자도 만날 수 있고, 일에 대한 목표도 세울 수 있다.

유학도 원하면 다녀와야 될 테고, 꿈과 사랑을 위해 살면서 성공과 실패도 한다.

때로는 후회도 하고 그리워하면서 사는 게 인생이란 것.

"사랑싸움을 하더라도 폭력을 휘두르는 남자는 안 돼."

"하하하, 그럼요. 그건 당연한 거죠."

"연애하면서 손에 물 한 방울 묻히게 하면 안 되고."

"……."

"손에 물 묻은 자국이 발견되는 그날로 죽여야겠지."

"……."

무조건 여동생을 고생시키고 싶지 않은 오빠의 마음이었다.

바다에서는 화령의 친구인 벨로트와 다른 여자들도 부쩍 친해져서 수다를 떨었다.

햇볕을 받으면서 갑판에 뒹굴거리며 많은 이야기를 나누고 있었다.

"그런데 위드 님 혼자서 유령선에 올라왔을 땐 엄청 무서웠을 것 같아요."

수르카가 그 상황을 상상해 봤다.

폭풍으로 하늘은 어둡고 비도 들이쳤으리라. 유령선에는 해초들이 뒤엉켜 있고, 부서진 곳이 많았을 것이다.

언데드 선원들이 있는 장소에 혼자 올라서다니!

"굉장히 무섭잖아요."

수르카의 말을 대부분의 여성들은 공감할 수 있었다.

공포 영화에 나오는 폐가, 혹은 그 이상이었으리라.

로열 로드의 게시판에도 주변에 유령선이 지나갔다면서 글을 쓰는 유저들이 있었다.

조용하게 스쳐 지나가는 유령선, 팔이나 다리가 없는 언데드 선원들과 눈이 마주쳤다는 게시 글들을 보면 소름이 끼친다는 댓글들이 많다.

밤에 혼자서 유령선에 탑승하려면 어지간한 간담으로는 어림도 없다.

화령이 혀를 살짝 내밀며 말했다.

"굳이 따진다면 위드 님은 공포 영화의 희생양이라기보다는……."

이리엔이 말을 받았다.

"공포 영화의 무서운 존재 쪽에 가깝겠죠."

유령 선원과 해적 들까지 착취해 버릴 무서운 재능!

때마침 위드의 사자후가 들렸다.

"일할 시간이다!"

항해를 하다 보면 하루 종일 무료함이 느껴질 정도로 한가하다고 생각하겠지만 이건 큰 착각에 불과했다.

태양이 막 지평선 위로 떠오를 무렵의 잠깐밖에 여유를 부릴 시간이 없었다.

유령 선원들이 일하기 위해서 재빨리 갑판에서 흩어졌다.

고기 잡는 그물을 치는 유령선들!

"바다는 자원의 보고라고 할 수 있지. 굳이 사 먹을 필요가 없어."

식사를 위해서 물고기들을 잡아야 했다.

위드의 명령이 떨어질 때마다 유령 선원들은 재빨리 움직였다.

위드가 언데드나 오크, 다크 엘프 등을 다룰 때에는 결단력 강하고 카리스마 넘치는 지휘관이었다.

하지만 아무리 험악하게 생긴 몬스터도 사냥하는 위드라도, 진심으로 무서워하는 존재는 있었다.

평생 절대 잊을 수 없는 기억으로 남아 있는 존재, 집주인.

집, 주, 인.

'커헉!'

월세로 살고 있을 때에는 매일매일 피가 말랐다.

바깥에 나갈 때에는 집주인이 있나 없나부터 살피던 눈치의 시절!

　벽에 곰팡이가 끼고 보일러가 고장 나고 전등이 꺼져도 한마디 항의도 할 수 없었다.

　집주인은 여러 말 하지 않았다.

　"집 비울 거야?"

　오죽하면 집을 처음 마련하고 난 다음 날 평생 지울 수 없는 악몽을 꾸었을까.

　꿈에서 새로 산 집에 예전 집주인이 온 것이다.

　"더 좋은 집으로 이사했으니 앞으로 월세도 매달 20만원씩 더 내게!"

　위드는 꿈에서도 본능적으로 애원했다.

　"저기, 며칠만……. 곧 들어올 돈이 있는데 아직 못 받아서요. 다음 달에는 꼭 늦지 않게 드리겠습니다."

　위드를 한없이 약하게 만드는 존재가 바로 집주인이었다.

　위드는 갑판에서 쪽빛 바다를 구경했다.

　시야에 보이는 섬들이 부쩍 많아지고, 오가는 교역선이나 돛단배를 볼 수 있었다.

　"어쨌든 네리아해에 오긴 왔군!"

　검치 들의 몸무게 그리고 낡고 느린 유령선, 항해에는 부실한 유령 선원들, 복합적인 악영향으로 인해서 간신히 도착했다.

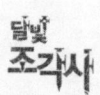

근처에 행운의 상징인 돌고래가 등장하면 배도 훨씬 빨라진다.

 하지만 그런 돌고래조차도 금세 앞질러 사라질 정도로 느린 유령선!

 바다의 재앙인 유령선이지만 정작 타고 있다 보면 느려 터진 배에 불과했다.

 "이대로라면 먼바다로 한번 나가려고 하면 2달, 아니 3달도 걸리겠어!"

 네리아해에 오고 나서야 심각함을 깨달았다.

 겨우 돛 하나 달고 있는 돛단배들조차도 유령선보다는 훨씬 빠른 속도를 낸다.

 유령 선원들은 먹지 않기 때문에 괜찮다고는 해도, 검치들을 먹여 살리기 위해서는 낚시가 필수다.

 며칠간 물고기를 잡지 못한다면 몽땅 굶어 죽어야 할 상황이었다.

 식수를 구하기 위하여 섬이나 육지에 정박해서 개울가를 찾는 것도 일이었다.

 초보 선장인 위드의 악영향도 컸다.

 대장장이 스킬로 배를 고치고 조각상 등을 만들 수는 있었지만 중요한 항해 스킬이 없다. 제대로 항로를 잡지 못해서 유령선이 엉뚱한 방향으로 가 버리거나 해류에 휩쓸리는 일이 빈번하게 벌어졌던 것이다.

"아무튼 2~3시간 후에는 이피아 섬에 도착할 것 같으니까 미리 준비해 둬야 할 게 있겠군. 콜 데스 나이트 반 호크!"

"불렀는가, 주인."

"할 일이 생겼다. 따라와라."

위드는 선실 창고로 내려가서 바쁘게 손을 놀렸다.

"마셔라, 마셔!"

낚시 스킬로 잡아서 창고에 신선하게 보관하고 있던 생선들!

생선들에 억지로 물을 먹이고 있었던 것이다.

꾸르르륵.

데스 나이트 반 호크도 이제는 익숙한 손놀림으로 생선에게 물을 먹였다.

배가 통통하게 부풀어 오르고 무게도 많이 나가는 생선이 잘 팔리기 때문이다.

휴양의 명소 이피아 섬의 백사장은 뜨거운 햇볕과 파도를 즐기는 유저들로 북적였다.

"가끔씩은 이렇게 쉬어 줘야 해."

"여기가 낙원이구나."

천국 같은 휴식을 누리고 있는 그들!

베르사 대륙에서 가장 아름다운 8개 섬 중 하나로도 꼽힌 이피아 섬은 사시사철 관광객들로 북적이는 곳이었다.

바다를 향해 있는 그림 같은 숙박 시설과 맛깔스러운 해양 요리들이 일품이라서 관광객들이 끊이지 않고 찾아온다.

따사로운 햇볕과 쪽빛 바다!

바다에 몸을 담그고, 일광욕과 모래찜질을 한 후에, 밤에는 맥주에 바비큐 파티를 벌인다.

완벽하게 즐거운 하루가 될 수 있었다.

그 덕에 지루한 던전 사냥에 지친 유저들이 이피아 섬에 많이 방문했다.

그때 커다란 범선들이 이피아 섬 근처 바닷가에 나타났다.

바다에 아직도 떠다니는 게 믿기 어려울 정도로 노후한 7척의 범선!

바다를 항해하는 배들은 폭풍이나 여러 재난들을 피하고 행운을 기원하기 위하여 선수상을 달고 있다. 프레야 여신이나 돌고래, 물의 정령 등이 대표적인 선수상이라고 할 수 있다.

하지만 지금 나타난 범선들의 선수상에는 애꾸눈에 외팔, 외다리의 해적이 조각되어 있었다.

위드가 이끄는 유령 함대가 이피아 섬에 온 것이다.

이피아 섬은 네리아해의 바깥쪽으로, 넓은 바다와 이어진 곳에 있는 섬이라서 모험가들이나 상인들이 많은 곳이었다.

지평선의 끄트머리에서 등장해서 해안가에 도착할 때까지

엄청나게 많은 시간이 걸렸다.

쿠우웅.

콰지지지직.

해초들로 인하여, 그리고 해안가의 암초들마다에 부딪치면서 속도가 느려지고 있었기 때문이다.

유령선이 해안가에 닻을 내리고 정박하고 나서, 위드 일행은 작은 배로 갈아타고 이피아 섬에 상륙했다.

"생선 팔아요. 꽁치, 갈치, 연어, 참치, 고등어, 종류별로 다 있어요. 날이면 날마다 오는 기회가 아닙니다. 신선한 해산물들을 마음껏 맛보세요. 조개나 새우도 싸게 드립니다."

이피아 섬에서도 빠뜨릴 수 없는 장사.

열이틀간의 항해로 낚시 스킬을 한 단계 올리고, 산더미 같은 생선들을 판매하는 것이다.

"오빠, 저 사람 리치야?"

"진짜 리치가… 맞는 것 같은데? 이젠 리치가 장사를 하네."

외모만으로도 이목을 끌고 있는 위드!

휴양지에 놀러 온 잘생기고 예쁜 유저들이 많았지만, 위드가 받는 관심을 따라오는 사람은 없었다.

위드는 그럴 때일수록 자랑스럽게 해골을 내밀었다.

'이렇게 얼굴로 관심을 받을 때가 다 있군. 하기야 언젠가 이런 날이 올 줄은 알고 있었지. 그동안 내 외모가 주변 사람들 때문에 너무 가려졌던 거야.'

같은 남자가 봐도 잘생긴 제피. 그리고 페일은 생각보다 옷을 잘 입었다.

위드는 검치 들과 어울리면서 언제부턴가 그들과 함께 여성 유저로부터 외면을 받고 있다고 생각했다.

실제로 수르카나 이리엔처럼 오랫동안 같이 사냥한 사람들이나 마판으로부터 소개를 받은 화령 그리고 어떤 관계인지 아직은 애매모호한 서윤을 제외하면 다른 여자들에게 인기 있는 편은 아니었다.

'과연 남자는 꾸미기 나름이야. 자신감을 가지면 돼.'

위드가 웃으면서 생선을 팔 때, 여성 유저들은 슬슬 검 자루에 손을 올리고 있었다.

언데드를 본 성직자들의 번뜩이는 눈!

'경험치다.'

'정말 아이템을 줄까?'

언데드 사냥은 성직자에게 더 많은 경험치와 명성, 신앙심을 올려 주기에 여성 성직자들도 몰려들고 있었다.

당장이라도 검을 뽑고 싶어 손가락이 근질거리지만, 몬스터가 아닌 유저인 것 같기에 공격을 망설이고 있을 뿐이었다.

붉은색의 이름이 떠 있었으면 영락없이 베어 버렸으리라.

"마지막 정어리 2마리가 남았습니다. 북동쪽 큰 바다에서 잡아 온, 신선하고 맛도 좋고 영양가가 넘치는 정어리. 튀겨 먹어도, 볶아 먹어도, 삶아 먹어도, 구워 먹어도, 탕에 넣어도, 양념을 하건 안 하건, 또 날것으로 먹어도 비리지 않은 정어리를 특별 가격 23실버에 모십니다. 2마리를 모두 사는 분에게는 44실버에 드립니다."

어쨌든 구입만 하면 무조건 이득일 것 같고, 안 사면 두고두고 후회될 것처럼 느껴지게 만드는 상술!

위드는 생선들을 모두 팔아 버리고 나서 거리를 당당하게 활보했다.

'리치가 마을에 들어온 건 처음일 거야.'

최초라는 데에 대한 자부심이 있었지만 섬에 있는 경비병이나 병사 들의 눈빛은 썩 좋지 않았다.

언데드를 보고 놀라는 표정!

부정한 마법을 사용하는 네크로맨서들은 어느 왕국에서나 그리 환영받지 못한다. 리치도 네크로맨서의 상위 계열로 추측되고 있는 만큼 비슷한 대접을 받고 있었다.

유저들도 쑥덕거리면서 신기해했다.

"레벨이 엄청 높은 마법사인가 봐."

"네크로맨서의 2차 전직일까, 아니면 3차 전직일까?"

위드는 침묵을 지키면서 걸었다.

리치로서의 기품이나 품격을 유지해야 하기 때문이다.

그가 지나가고 난 자리에는 시체 썩는 악취에 생선 비린내만이 남았다.

◊

페일과 다른 동료들은 휴양지도 여러 번 다녀왔다.

위드처럼 사냥과 스킬 숙련도에만 미쳐 있지는 않았기 때문이다.

"여기만큼 좋은 휴양지는 보기 힘들 것 같아요. 이피아 섬이 여름을 보내기에는 가장 좋다더니 정말이네요."

수르카가 부러운 듯이 말했다.

이피아 섬에서 일주일 정도를 보낸다면 얼마나 행복할까.

바다에는 산호들이 있고, 섬에는 야자수 같은 나무들로 가득 찬 작은 산이 있는데 경치가 더할 나위 없이 좋았다.

"멋지네."

로뮤나도 이피아 섬이 굉장히 마음에 드는 눈치였다.

바다에서 누릴 수 있는 즐거움, 사람들이 로열 로드에 빠져들 수밖에 없는 이유가 이런 데에 있지 않을까 싶었다.

한없이 자유롭고 편안하면서, 또 위험하기도 하다.

모험과 사냥 그리고 사람들과 친분을 쌓을 수 있으니 로열 로드의 매력에서 헤어 나오질 못한다.

모라타만 보더라도 이용자들이 부쩍부쩍 늘어나고, 또 행복해하는 걸 볼 수 있었다.
 모라타의 이야기가 나올 때마다 화령이 환하게 웃으며 말했다.
 "위드 님은 항상 주민들과 초보자들을 많이 존중하는 것 같아요. 다른 영주들은 그렇지 않던데 말이에요."
 "……."
 진실을 아는 페일과 마판은 굳은 얼굴로 있을 뿐이었다.
 '어떻게 똑같이 위드 님을 겪었는데도… 우리와 화령 님의 생각이 이렇게 다를 수가 있지?'
 '저게 바로 전문용어로 콩깍지라고 하는 건가. 한번 씌워지면 웬만해서는 벗겨지지 않는다는.'
 벨로트가 제안했다.
 "우리 해변이나 걸을래요?"
 "찬성!"
 "어서 가죠!"
 이피아 섬의 해변은 인기 만점인 곳이다.
 일부러 와서 대낮에 해변을 거닐어 보지 않는다는 건 말도 안 된다.
 수영복 차림으로 돌아다니는 유저들, 간단한 가죽 복장을 입고 있는 유저들도 보였다. 일광욕과 모래찜질을 하면서 나른한 휴식도 취하고, 바다에 뛰어들기도 한다.

그렇게 보기 좋은 광경에, 사람들이 몰려 있는 게 보였다.

온몸이 근육질에 힘줄이 튀어나와 있는 검치 들이 수영을 하거나 모래사장에 누워 있었던 것이다.

해변에서 몸 자랑하는 남자들의 기를 팍 꺾어 놓는 광경이었다.

위드는 해양 길드로 들어갔다.

배를 가진 선주들이나 상인들, 어부들, 바다를 터전으로 하는 많은 유저들이 이용하는 길드였다.

다른 길드처럼 교관도 있었고, 필수적인 스킬을 가르쳐 주는 훈련소도 있다.

닻을 내리는 법, 폭풍우가 칠 때의 대처법, 돛을 조정하는 법 등 바다에 대해서 많은 정보들을 배울 수 있는 장소.

위드가 뚜벅뚜벅 걸어갔을 때에도 교관은 놀라지 않았다.

"항해를 위해서 왔나?"

"그렇습니다."

"무엇을 배우고 싶은가?"

"빠른 항해를 위한 모든 것을 배우고 싶습니다."

"욕심도 많군. 그럴 자격은 되나?"

"물론입니다."

항해 스킬은 대부분 몸으로 때우면서 배울 수 있었다.

"그럼 따라오게!"

해양 길드는 다른 길드들보다 훨씬 거대했다.

위드는 교관의 가르침에 따라서 노를 젓는 법과 돛을 조정하는 법 등을 배웠다.

배를 바다에서 빠르게 이동하게 하기 위해서는 바람을 잘 타야 한다.

즉, 돛을 조정하는 스킬은 항해사에게는 필수적이라고 할 수 있었다.

유령 선원들이나 부선장 니크는 돛을 조정할 줄 몰랐다.

유령선은 알아서 먹이를 향해서 스르륵 미끄러져 간다.

재난이 있는 곳으로 찾아가기 때문에 돛을 조정하는 법은 위드가 직접 배워야 했다.

"배는 해류의 움직임에 따라서 다르게 반응하지. 먼바다로 나아가고 싶다면 해류를 잘 이용하고 민첩하게 키를 돌릴 줄도 알아야 해. 암초나 해양 동물들을 피하기 위해서는 필수적이라고 할 수 있어."

교관의 가르침에 따라 작은 배에서 키를 돌리는 것도 연습했다.

키를 돌릴 때마다 배가 원하는 방향으로 느리게 선회했다.

"수영은 할 줄 알지? 바다에 빠졌을 때에 수영을 할 줄 모른다면 그대로 빠져 죽게 되지."

물에 빠뜨려서 수영을 하는 방법도 연습시켰다.

원래 위드는 타고난 개헤엄 전문가였다. 저수지라는 무대에서, 악천후 속에서도 갈고닦은 수영 솜씨!

"모양은 이상하지만 아주 빠르고 효과적이군. 그만하면 발을 헛디뎌서 바다에 빠져도 죽을 일은 많지 않겠어. 이 정도면 항해에 대한 기본기는 터득했다고 할 수 있군."

띠링!

-항해 스킬을 습득하셨습니다.

> 항해 : 이동 계열 스킬.
> 바다나 강에서 배를 다루는 전반적인 기술입니다.
> 항해 스킬이 높아질수록 선체를 다루는 능력이 향상되어서, 배에 추가적인 속도가 부여됩니다.
> 역풍이나 해일의 영향이 줄어듭니다.
> 먼 거리의 항해나 대단한 발견, 재난 속에서 항해를 하면 스킬의 숙련도가 빠르게 늘어날 것입니다.
> 중급 이상의 스킬 레벨을 가지고 있으면 선원들의 불만이나 충성도 저하를 억제할 수 있어서 먼 거리의 항해에 유용합니다.
> 현재의 스킬 레벨 초급 1.
> 배에 3%의 추가적인 속도가 부여됩니다.
> 역풍이나 해일의 피해를 1.5% 줄입니다.

-스킬의 획득에 따라 체력이 4 상승하셨습니다.

-스킬의 획득에 따라 통솔력이 6 상승하셨습니다.

-스킬의 획득에 따라 민첩이 3 상승하셨습니다.

-스킬의 획득에 따라 행운이 9 상승하셨습니다.

 항해 스킬은 섬이나 바닷가에서 시작한 유저들은 필수적이라고 해도 좋을 만큼 반드시 배우는 유용한 스킬이었다. 항해할 일이 많지는 않다고 해도 여러 스탯들을 함께 성장시킬 수 있는 것이다.
 "해도를 보는 법도 배우겠나?"
 "바다를 항해하기 위해서는 꼭 알아야겠지요. 배우고 싶습니다."
 해도를 보는 방법도 습득했다.
 나침반과 배의 이동속도를 바탕으로 자신이 있는 정확한 위치를 계산하는 방법이었다.
 중간에 특정 발견물이 있거나 항해를 하면서 해양 생명체와의 친밀도가 올라가면, 그들이 위치를 알려 주는 일도 있다고 한다.
 물론 최소한 초급 과정은 떼어야 가능했다.
 스킬을 배우며 지혜와 지식 스탯을 3씩 늘릴 수 있었다.
 "조선 스킬도 배우겠다면 가르쳐 줄 수는 있는데. 자네의 손재주라면 얼마든지 배울 수 있겠군."

"배우고 싶습니다."

스킬을 획득하면 최소한 몇 개씩의 스탯은 주어진다.

다다익선!

조선 스킬은 나무를 이용하여 작은 배를 직접 만드는 것으로 익힐 수 있었는데, 고급 손재주와 조각술을 가지고 있는 위드에게는 매우 쉬운 일이었다.

바다를 항해하는 배들은 기능성이 중심이 되어야 한다. 그에 따라 시행착오 없이 배를 제작하는 방법에 대한 경험담도 들을 수 있었다.

조선 스킬을 습득하고 난 후에는 체력과 지구력, 인내력이 5씩 늘었다.

위드가 아무리 잡캐라고는 해도 조선 스킬마저 중급이나 고급까지 키울 자신은 없었다.

'배는 제작하는 데 시간이 너무 많이 걸려.'

바닷가에서만 만들어서 팔 수 있으므로 제약도 심하다.

'이런 부분에서는 조각사가 훨씬 낫군.'

조각술에 대해서 긍정적인 부분도 발견!

사냥, 사냥, 사냥!

서윤은 덤비는 몬스터들을 베어 넘기면서 아이템들을 수

거했다.

광전사답게 몬스터가 많을수록 더 큰 힘을 발휘할 수 있다. 어떤 위험한 던전이라고 해도 그대로 뛰어드는 그녀!

"……."

서윤은 울림의 계곡, 영혼병의 능선, 선인장의 협곡을 단독으로 격파했다.

북부에서는 혼자서 최초로 사냥을 한 사람이라서 명성과 경험치, 아이템들을 더 많이 얻을 수 있었다.

고위 몬스터들이 즐비한 지역과 그 안에 있는 던전들을 사냥하면서 그녀는 퀘스트도 진행했다.

─ 제 새끼가 가출을 했나 봐요. 시간이 되면 찾아 주실 수 있으세요?

냇가에서 만난 사슴의 부탁!

서윤은 로열 로드에서 위드와 친구 등록을 할 때를 제외하고는 말을 하지 않았다. 그랬더니 얻게 된 스킬.

마음 대화술 : 동물이나 몬스터, 정령, 전설적인 존재들과 대화를 나눌 수 있다.
스킬 숙련도 외에도 친화력이나 카리스마, 매력의 영향을 크게 받음.
간단한 의사는 전달할 수 있으며, 사나운 종족과는 대화가 단절될 수 있다.

동물이나 몬스터로부터도 퀘스트를 받는 서윤.

마을이 아니라 산속의 옹달샘에서도 퀘스트가 발생했다.

서윤은 그런 부탁을 들어서, 새끼 사슴 1마리를 구하기 위하여 온갖 던전을 헤집고 다녔던 것이다.

다행히 통구이가 되기 직전에 새끼 사슴을 구해 낼 수 있었다.

— 엄마가 보내서 오셨어요? 감사드려요. 그런데 저를 구해 줄 정도라면 꽤 능력이 있으신 분이겠군요.

새끼 사슴은 그녀에게 좋은 정보를 주었다.

— 인간들이 좋아하는 보석으로 된 목걸이가 저쪽 숲에 버려져 있었어요. 아직 아무도 가지지 않았다면 그대로 있을 거예요. 저도 그 목걸이를 다시 보고 싶네요. 엄마도 좋아하실 거예요.

보석 목걸이와 관련된 퀘스트 발생!

서윤은 목걸이가 있다는 숲으로 향했다.

죽음의 계곡, 위드와 함께 고생을 하면서 여행했던 장소와 멀지 않은 지역이었다.

'그가 아파서… 죽을 먹여 주기도 했지. 맛있었을까?'

당시 서윤은 굉장한 용기를 발휘한 것이었다.

처음으로 다른 사람을 위하여 요리를 했고, 직접 떠먹여 주기도 했다.

떨려서 간도 제대로 못 보고 그저 조심스럽게 먹여만 주었던 죽.

맵고, 짜고, 썼던 죽!

간호를 했던 사건은 서윤에게 있어서 따뜻한 추억이 되었다.

'행복했던 것 같아.'

위드와 함께 여행을 했다.

외롭다는 느낌도 받지 않았고, 때론 웃음이 나올 것 같은 기분을 억지로 참아 내야 했다.

'동굴 속의 조각품도 있었지.'

극한의 추위에서 서로를 걱정하며 웃어 보이는 연인들을 조각하는 위드!

학교에서 만날 수 있었기에 그립지는 않았다.

'그를 지켜 줄 수 있을 정도로 강해져야 돼.'

위드가 몬스터에게 맞아 죽는 것을 보고 싶지 않다.

서윤은 그래서 매일을 사냥터에서 전전하고 있었다. 전보다 훨씬 더 많은 시간을!

그녀는 뱀파이어의 초대를 받아서 토둠에도 다녀왔다.

토리도가 죽음의 계곡에서 위드를 초대했을 때, 서윤도 함께 있었다.

"아름다운 아가씨, 그대라면 언제든 토둠으로 오셔도 됩니다."

토리도는 위드가 없는 틈을 타서 붉은 장미 한 송이를 내

밀며 서윤을 초대했다.

토리도는 매우 단순한 뱀파이어였다.

어리거나 예쁜 여자라면 바로 무한한 친밀도를 가졌던 것!

"아름다운 아가씨, 혹시 뱀파이어가 되실 생각은 없나요?"

띠링!

> -숨겨진 종족 '뱀파이어'가 될 수 있습니다. 종족을 바꾸게 되면 뱀파이어의 특수한 능력을 사용할 수 있습니다. 단, 사망했을 때의 경험치 손실과 줄어드는 스킬 숙련도의 페널티는 3배로 올라갑니다. 뱀파이어가 되어 있는 동안은 무기 사용과 방어구 착용에도 제약을 받습니다.
> 하지만 뱀파이어는 신체 능력이 전사들과 비교할 수 없을 정도로 뛰어나고, 매우 큰 생명력과 전투 능력 그리고 마법 사용도 가능한 종족입니다.
> 뱀파이어 종족을 유지하는 동안 뱀파이어 퀸, 뱀파이어 로드 등으로 승급도 할 수 있습니다.
> 단, 일곱 번 사망하거나 심장에 은으로 된 못이 박히면 인간으로 완전히 돌아오게 됩니다.

서윤은 물론 거절했다.

낯선 사람을 경계하는 그녀로서는 토리도에게 목덜미를 물리고 싶지 않아서였다.

뱀파이어 왕국 토둠에서 사냥을 마치고 나올 때에는 토리도도 함께였다.

"과연 주인을 잘 만나야 돼."

위드와는 비교 자체가 불가능한 대상이었다.

잔소리도 안 하고, 폭력도 저지르지 않는다.

어여쁜 서윤과 함께 사냥터를 돌아다니니 토리도로서는 이처럼 행복한 일이 없는 노릇.
 토리도가 이끄는 진혈의 뱀파이어족도 서윤과 함께 사냥을 하면서 성장하고 있었다.

이피아 섬의 저녁

"바다다!"

"아자자자! 일단 뗏목부터 만들어야지!"

이피아 섬에서 시작한 초보 뱃사람들!

그들은 벌목한 목재로 뗏목을 만들어서 바다로 나갔다.

항해사를 꿈꾸는 유저들로 인하여 이피아 섬의 목재 가격은 상당히 비쌌다.

숲과 산으로 들어가서 마구 벌목을 해 버리는 것이다.

"낚시라도 하면 일단 먹고는 살 수 있으니까. 나중에 먼바다를 넘나들며 모험하는 항해사가 되겠어."

"해적들이 황금을 숨겨 놓은 무인도라도 발견하면… 흐흐."

"진짜 모험이라면 역시 바다지!"

초보 유저들은 넝쿨로 통나무들을 엮어서 만든 배에, 돛이라고는 천 조각 하나 달고 겁도 없이 바다로 나갔다.

깃대에 새겨져 있는 여러 이름들!

이피아 수송 상단

베르사 대륙 해운 연맹

발로이 해양 평화군

뗏목에 불과하지만 그래도 이름은 거창했다.
수르카가 부러운 듯이 말했다.
"엄청 활력이 넘치는 섬이네요."
바다가 보이는 맥주 가게에 앉아서 오렌지 주스를 마시고 있는 그녀!

제피도 지나다니는 여자들을 눈동자만 굴리면서 탐색하고 있었다. 이제는 억제하려고 해도 탐색이 거의 저절로 이루어졌다.
"멋진 휴양지에… 좋은 분위기입니다."
반경 100미터 내로 지나가는 여자들을 놓치지 않는다.
'살짝 허벅지가 두껍군. 짧은 곱슬머리보다는 어깨까지 찰

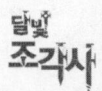

랑거릴 정도로 폈으면 전체적인 인상이 살아서 예뻐질 텐데.'

여자들을 심층 분석까지 하는 제피!

'저 여자는 쓸쓸해 보여. 함께 온 다른 친구는 애인과 같이 있는 모양이로군. 혼자 간단히 마실 거리를 사러 온 것 같은데…….'

본능이 앞설 때였더라면 자연스럽게 여자들에게 다가가서 친구 등록을 하거나 저녁을 함께했으리라.

하지만 제피의 엉덩이는 의자에 그대로 붙어서 떨어지지 않았다.

이제는 수많은 여성들과 비슷한 대화를 나누고 친한 척을 하고, 그렇게 짧게 사귀다가 헤어지는 데 신물이 났다.

재력, 외모, 학벌.

외제 차나 번화가에 있는 대형 오피스텔, 특급 호텔 회원권, 명품 시계와 옷. 남자로서 내세울 수 있는 무기로 탐색전을 펼치고 호감을 사기에도 질렸다.

마음이 움직이지 않으면 결국은 공허한 만남이었다.

'서로 잠깐의 외로움을 달래고 결국은 허탈해지고 말지.'

제피는 진정으로 사랑할 수 있는 여자를 만나고 싶었다.

이 세상을 다 갖지 못하더라도 언제나 함께할 사랑하는 사람이 있다면 행복해지지 않겠는가.

다만 알 수 없는 건 유린의 판단이었다.

'나를 좋아하기는 하는 건지…….'

시간을 같이 보내고 데이트도 가끔 하지만, 연인이라고 하기에는 무언가 부족한 사이.
　'시간이 해결해 주려나?'
　복잡한 생각을 하는 와중에도 제피의 눈동자는 여자들을 향해 끊임없이 돌아갔다.
　'어? 저 여자 괜찮은데…….'
　저절로 움직이는 고개!
　"쯧쯧."
　"저러니까 안 되지."
　화령이나 메이런, 로뮤나 등이 그 모습을 그대로 보고 있었다.
　유린은 음료수를 마시면서 섬의 풍경들을 그리느라 신경도 안 썼다.
　이피아 섬에서의 여름휴가!
　로열 로드에서 이렇게 마음 편히 쉰 적이 과연 있기는 했던가.

　위드는 이피아 섬 앞에 배를 띄워 놓았다. 그리고 가소롭다는 듯이 주변의 뗏목에 걸린 깃발들을 보았다.
　"뗏목들 주제에 거창하게들 노는군."

초보 유저들을 안타깝게 여기고 동정했다.

그가 타고 있는 배는 단순한 뗏목들과는 수준이 다른 쪽배였던 것!

크라켄도 때려잡는 대해적 더럴!

위드의 변신한 이름을 따서 지은 더럴호!

최초로 조선 스킬을 써서 만든 쪽배였다.

유령선은 너무 커서 초급 7레벨 이상의 항해 스킬이 있어야만 제대로 몰 수 있다.

스킬의 레벨이 너무 낮으면 엉뚱한 방향으로 배가 흐르거나 숙련도가 더욱 더디게 올랐으니, 일부러 간신히 한 사람이 앉아서 조종할 정도의 쪽배를 만들었다.

―항해 스킬의 숙련도가 상승하셨습니다.

바다에 둥둥 떠 있는 것만으로도 약간의 숙련도는 오른다.

이레간 이피아 섬 근처를 돌면서 경치를 구경하고 항해 스킬도 3레벨까지 올렸다.

항해 스킬이 오를수록 배를 다루는 기술이 좋아져서 선박의 속도가 빨라지고 파도의 영향도 덜 받는다.

낮은 항해 스킬이었지만 쪽배를 다루는 데에는 능숙해졌다.

베르사 대륙의 시간으로 이레 만에 이피아의 항구로 돌아왔을 때였다.

띠링!

-오랜 시간 항해로 인하여 항해 스킬의 숙련도가 13% 상승했습니다.

-항해 스킬의 레벨이 초급 4가 되었습니다.
 선박의 가속도를 2% 더하고, 험한 상황에서도 배가 뒤집힐 확률을 5% 줄여 줍니다.

-인내력 스탯이 15 증가했습니다.

항해 스킬 4레벨!

"스킬의 레벨이 꽤 빠르게 오르는군!"

위드는 상당히 흡족했다.

생산 스킬이나 조각술에 비하면 매우 빠른 발전 속도라고 할 수 있었다.

짧은 기간이지만 위드처럼 독하게 항해를 했던 뱃사람도 없으리라.

"배가 손상되면 숙련도가 잘 오르지 않을까? 침몰 직전의 배를 몰면 숙련도를 더 줄 것도 같은데……."

암초만 보면 노를 저어 맹렬하게 돌진!

배의 내구도가 바닥까지 떨어졌을 때, 조선 스킬을 활용해서 수리를 했다.

부서진 나뭇조각을 끼워 맞추고 밧줄로 감는다.

식량은 낚시를 해서 구하고, 식수는 비가 오면 받아서 사용했다.

얼마나 험하게 항해를 했는지, 이피아 섬 근처만 돌고 왔는데도 불구하고 쪽배는 누더기가 되어 있었다.

위드가 선착장에 내리자마자 알아서 가라앉는 배!

> -소유하고 있던 선박 더럴호가 침몰하였습니다.
> 명성이 35 줄어들었습니다.
> 적재되어 있던 해초 4개를 잃어버렸습니다.

배야 새로 만들면 된다.

싸구려 쪽배였으니 인양하더라도 가치가 없다고 할 수 있다.

초보자들도 타지 않을 배였던 것이다.

"항해 스킬이 4레벨이니 이제는 소형 쾌속정도 몰 수 있겠군."

뱃사람들에게는 배를 한 단계씩 올려 가는 재미가 컸다.

더 높은 등급의 배를 타고, 돛도 추가하고, 선원들도 고용하여 진정한 먼바다로의 항해를 꿈꾸는 것!

위드는 전문적으로 항해 스킬을 키울 생각은 없기에 여기서 그칠 작정이었다.

다른 사람들이 이피아 섬에서 휴식을 즐길 수 있도록, 그리고 여동생을 위해서 며칠 머무르고 있었던 것뿐이다.

하지만 바다는 정말 매력이 있었다.

먼바다에서는 낚시로 낚을 수 있는 어종도 다르고, 바다의 색깔조차도 차이가 난다.

맑은 물 깊이 떠다니는 물고기가 보일 정도고, 산호초들은 신비로우면서도 왠지 마음을 밝고 가볍게 만드는 효과가 있다.

그렇게 항해를 하다 보면 아무도 발견하지 못한 무인도나 해양 생물을 발견할 수도 있는 것이다.

물론 대부분의 유저들은 상업 쪽의 계열로 들어가서 교역선을 끄는 선택을 하는 편이었다.

주로 국가 간 무역을 해서 큰돈도 벌 수 있고, 나중에 베르사 대륙을 돌아다니기에도 편하기 때문이다.

베르사 대륙에 유명한 격언이 있다.

모험가는 처음 발걸음을 남기고, 전사들은 그 땅에서 싸우며, 상인들은 앉아서 바가지를 씌운다.

베르사 대륙을 돌면서 특산품을 거래하는 상인이 가지 못하는 곳은 없다.

대륙에서 생산되는 막대한 물량의 병장기나 각종 물품들을 운송하는 상인의 위력이야말로 내세우지 않는 힘이라고 할 수 있다.

바다를 이용할 생각을 가진 상인 지망생들은 미리 항해 스킬을 익혀 두는 편이었다.

"어떤 명문 길드라고 해도 상인 조합의 뒷받침이 없으면 이루어지지 않을 테니까."

위드는 해양 길드로 가는 대신에 화령 및 다른 동료들과 함께 만나기로 한 선술집으로 향했다.

자하브를 찾아 노래를 배우는 퀘스트, 마탈로스트 교단의 잔여 퀘스트, 니플하임 제국과 관련된 퀘스트.

3개의 의뢰를 모두 진행하고 있으니 퀘스트는 할 수 없는 처지다.

그래서 이피아 섬의 명물이라고 할 수 있는 맥주를 마시며 해변에서 바비큐 파티를 하자고 했던 것.

위드는 다른 목적도 물론 가지고 있었다.

니플하임 제국의 퀘스트를 위해서는 정보를 모아야 한다.

휴양지라고 할 수 있는 이피아 섬이지만, 그만큼 많은 선원들이 방문하는 중요 기항지이기도 했다.

각 항구마다 가장 많은 정보를 가지고 있는 건 술집의 여종업원이었다. 바다에 관한 퀘스트 정보를 입수하기 위해서는 그들을 공략해야 했다.

술집에서 여종업원들에게 어떤 대우를 받느냐도 유저들에게는 민감한 경쟁의식을 불러일으켰다.

"유령선을 타고 간 사형들은 잘하고 있는지 모르겠군."

이피아 섬 주변에 있는 해적 섬 크로아!

작은 어선들이 전사와 성직자, 기사 등으로 구성된 사냥 파티들을 내려 주었다.

"오시느라 수고가 많으셨습니다."

"아니에요. 데려와 주셔서 고마워요. 여기 약속했던 3골드예요."

크로아는 매우 위험한 사냥터였다.

딱 절반은 해적들의 근거지였고, 각종 방어 시설은 물론이고 성채까지 지어져 있다.

그리고 섬의 나머지 절반은 몬스터들의 천국!

레벨 340 이상의 유저들만 살아 돌아올 수 있는 고레벨 사냥터로 분류되어 있다.

좁지만 안전한 상륙지에는 파티를 원하는 다른 유저들도 서 있었다.

조심스럽게 크로아 섬을 탐험하고 사냥하려는 유저들!

그런데 바다로부터 7척의 낡아 빠진 범선들이 위풍당당하게 다가왔다.

대해적 더럴의 유령 함대!

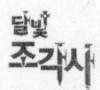

애꾸눈, 외팔, 외다리 해적이 황금을 손에 움켜쥐고 있는 멋진 깃발까지 달려 있었다.

뿌우우우우우우!

"적의 침입이다."

섬의 해적들은 기민하게 반응했다.

곳곳에서 비상을 알리는 뿔피리 소리와 고함 소리가 들렸다.

사냥을 하려던 유저들은 놀라서 일단 자리에 앉았다.

"어떻게 하죠?"

"일단 저 멍청이들이 죽을 때까지 기다리도록 합시다."

크로아 섬의 해적들을 건드리다니, 미쳐도 보통 미친 게 아니다.

크로아 섬이 어떤 곳이던가.

네리아해에서도 가장 악명 높은 해적들이 모여 있는 장소가 아니던가 말이다.

이런 크로아 섬에서 사냥을 하는 유저들은 그다지 많지 않았다.

섬에서 사냥을 하는 것만으로도 충분히 자부심을 느낄 정도였다.

"미련한 놈들."

그들이 비웃고 있는 와중에도 해적들은 속속 해안가로 집결했다.

낡아 빠진 범선은 방향도 바꾸지 않고 그대로 직진이었다.
검삼치가 선장의 좌석에 앉아 있고, 부선장 니크가 배를 조종하고 있었다.
니크는 황송한 듯이 허리를 굽실거리면서 말했다.
"임시 선장님! 이대로라면 해안에 부딪칩니다만, 속도를 늦출까요?"
검삼치는 고개를 저었다.
"전속력으로 직진하라."
"알겠습니다요."
방향도 바꾸지 않고 직진!
해적들이 기다리고 있는 해안가의 모래톱에 정박했다.
크로아 섬의 해적들이 시미터와 밧줄이 달린 갈고리 등을 들고 유령선으로 접근했다.
"우와아아!"
유령선의 갑판과 구멍 난 선체에서 검치 들이 튀어나왔다.
해적들로 유명한 크로아 섬에 상륙작전이 벌어지고 있었다.

이피아 섬의 술집들은 20개도 넘었다.
이피아 섬이 휴양지로 이름이 나 있기도 했지만, 긴 항해를 마치고 돌아온 뱃사람들이 맥주를 마시면서 피로를 푸는 곳이기 때문이었다.

보통 수영복을 입고도 들어갈 수 있는 해변 술집, 뱃사람들이 주로 가는 항구 술집 그리고 아늑하고 고즈넉한 분위기의 술집으로 분류되었다.

화령이 만나자고 한 술집은 '항구소녀의기다림' 이라는 이름을 가지고 있는 분위기 있는 술집이었다.

"여기 맥주 한 잔 그리고 안주로는 말린 미역 한 가닥, 소금은 많이 뿌려 주세요."

주문을 마친 위드는 자리에 앉았다.

술집에는 잔잔한 음악이 흐르고 있었다.

'나쁘지 않은 분위기군.'

제피와 다른 동료들은 아직 도착하지 않았다.

위드는 손가락으로 말린 미역을 잡아서 썩은 이빨로 꼭꼭 씹었다.

언데드로 변한 이후에도 고소한 맛은 느낄 수 있었다.

평범한 언데드 해골이라면 맛도 몰라야 정상이겠지만, 조각 변신술로 몸이 바뀐 덕에 인간의 장점도 조금은 가지고 있는 것이다.

조각 변신술을 마스터하게 되면 그마저도 사라질지 모르지만, 맛이나 향을 느낄 수 있다는 데에 의미가 있었다.

위드는 맥주를 조금씩 아껴 마시면서 주변의 이야기들을

들었다.

"이피아 섬에 오길 잘했어. 내년에도 또 와야겠군."

"그때는 다른 친구들도 모두 데리고 오세."

"팔로윈이 데버릭 함대를 따라갔다더군. 무슨 큰 퀘스트에 참여하려고 하는 건지 밝히지는 않았지만 자부심이 대단하던데."

"지금 치즈를 브렌트 왕국에 운송하면 큰돈을 벌 수 있을 것 같은데……. 그렇게 생각하지 않나?"

소소한 정보들이지만 모아 놓으면 큰 그림을 그릴 수도 있었다.

상인들이나 여러 직업을 가진 유저들은 술집에서는 어느 정도 허심탄회하게 속마음을 털어놓고 이야기하는 편이다.

다른 유저들이 듣고 이득을 얻을 수도 있지만, 자신들도 그런 도움을 받기 때문이다.

비밀이 아니라면 술집에서는 어떤 이야기든지 나누고, 좋은 정보가 있으면 마신 술값을 대신 지불해 주는 게 관례였다.

위드는 선술집에서도 음침하게 로브를 뒤집어쓰고 다른 사람들이 하는 대화를 엿들었다.

10분쯤 염탐을 하고 있을 때였다.

"근데 모라타의 영주는 매번 어디가 그렇게 바쁜지 몰라. 떠나기 전에 얼굴이나 봤으면 좋았을 텐데 말이야."

위드의 귓가에 근처 남자 바드들이 떠드는 소리가 들렸다.

"어디서 조각품을 만들거나 퀘스트를 하겠지. 다음에 모라타에 갈 때는 봤으면 좋겠군."

"전쟁의 신 위드라……. 마탈로스트 교단의 퀘스트를 다른 유저들에게 공유해 주었다면서?"

"원래 그런 퀘스트는 독점하고 잘 내놓지 않는 법인데 말이야. 배포가 굉장해."

"전투 계열 직업들은 좋겠군. 쉽게 경험해 볼 수 없는 그런 퀘스트를 단체로 받아서 한다니 말이지."

"몇백 명이 협력해서 퀘스트도 하고……. 재미있겠어."

위드의 뼈밖에 없는 좁은 어깨가 활짝 펴졌다.

마탈로스트 교단의 퀘스트를 단체로 공유받은 유저들은 의뢰를 해결하기 위해서 함께 뭉쳤다.

로열 로드에서 그런 퀘스트에 참여해 보는 것은 쉽지 않은 일로, 즐거운 경험이 될 것이다.

"모라타 영주에게 확실히 독특한 면이 있긴 하지. 돈을 버는 데 집착하고, 어지간한 상인보다도 훨씬 장사를 잘한다잖아."

"아, 그런데 오늘 저녁에는 하이렌과 베너티의 공연이 있지?"

화제는 금방 다른 곳으로 돌려지고 말았다.

술자리에서 다른 지역의 영주 이야기를 깊게 할 이유는 없을 테니까.

"중앙 광장에서 공연을 한다는군."

"드디어 중앙 광장까지 진출했나? 이 속도라면 여신상 앞도 얼마 남지 않았겠어."

"정말 멋진 공연을 하는 바드들이야."

하이렌과 베너티는 여성 바드들이었다.

연주와 노래를 함께하는 그녀들은 모라타에서 선풍적인 인기를 끌고 있는 중이다.

문화에 대한 지속적인 투자 덕분에 바드들도 왕성하게 활동하고 있다. 베르사 대륙에 흩어져서 공연과 노래를 하기 때문에 모라타를 주제로 한 곡들도 많았다.

모라타는 즐거운 모험과 풍요로운 상업 활동의 중심지가 되고 있었다.

북부의 이야기를 이곳 이피아 섬에서 들을 수 있다는 사실 자체가, 그만큼 모라타에 유저들이 많아졌다는 증거였다.

위드의 퀘스트들이 방송되었을 때에는 술집마다 그에 대해 이야기꽃을 피웠으리라.

"여기, 종업원!"

위드는 술집의 종업원을 불렀다.

"네, 손님."

머리를 두 갈래로 땋은 여종업원이 금방 달려왔다.

"저쪽 바드들이 있는 테이블 말인데……."

"대신 계산해 주시겠습니까?"

"아니요. 말린 미역 두 가닥 보내 주세요. 계산은 나중에 올 동료가 대신할 겁니다."

"쳇! 알겠습니다, 손님."

무시하는 듯한 여종업원의 태도가 불량했다.

친밀도가 낮기에 벌어지는 일. 정체도 모를 언데드 해골에, 술도 사 주지 않는 위드는 비호감이었던 것이다.

"고맙습니다."

미역을 받은 바드들이 감사의 인사를 하고, 위드는 가볍게 손을 흔들어서 답했다.

그리고 곧 꾸깃꾸깃한 로브를 펴고 여종업원에게 걸어갔다.

"아가씨, 조각품 좋아하세요?"

친밀도를 쌓기 위한 작업!

위드가 여종업원에게 말을 걸자, 여러 유저들이 주의 깊게 그 모습을 지켜보기 시작했다.

바다에서는 항구에 있는 술집 여종업원과의 친분 관계에 따라서 필요한 정보는 물론이고 커다란 퀘스트도 얻을 수 있다.

여종업원과의 대화를 엿들으면서 참고할 만한 부분이 있는지 살피려는 것이다.

"제 이름은 안델리아예요. 그리고 조각품은 싫어하는데요!"

매섭게 퇴짜를 놓는 안델리아!

이런 수작을 한두 번 경험하는 게 아니었으므로 쉽게 넘어오지 않았다.

친밀도를 쌓기 위해서는 오랜 기간 얼굴을 익히거나 대화를 성공적으로 나누어야 한다.

그렇다고 여기서 포기할 위드가 아니었다.

이대로 좌절하고 물러난다면 수련소의 교관과 도시락을 나누어 먹거나 모라타 마을 장로의 하나뿐인 식량인 고구마까지 뺏어 먹지는 못했을 것이다.

위드는 뼈밖에 없는 손가락으로 탁자를 가볍게 두들기며 말했다.

"아름다우시군요."

"그쪽 같은 해골에게 칭찬을 들어도 기쁘지 않네요."

"어떤 남자를 좋아하십니까?"

"머리가 짧은 남자를 좋아해요. 그리고 댁처럼 머리가 한 가닥도 없는 남자를 가장 싫어하는 편이에요."

해골의 설움!

애꾸눈에 귀걸이까지 하고 있으니 외모로는 안델리아의 극심한 비호감을 샀다.

'해골이 멋있지 않나?'

위드는 여성들의 취향이 이해가 안 되었다.

이렇게 멋진 차림새를 도대체 어떻게 싫어할 수 있단 말인가.

두개골 부위에 금이 쩍 갈라져 있는 자연스러운 모습까지 우아하지 않은가.

오크 카리취 때부터 가지고 있던 약간은 남다른 미적감각이 여종업원과의 거리가 멀어지게 만들고 있었다.

위드는 방향을 바꾸기로 했다.

'아부는 쉽게 안 먹힐 거야.'

여종업원에게 아부를 하는 사람들은 매우 많았으리라. 약간씩의 호감을 올려 줄 수는 있겠지만 대대적인 친밀도 형성을 위해서는 특별한 방법이 있어야 된다.

'선물.'

여종업원들의 환심을 사기 위한 가장 빠르고 편한 방법!

다만 선물로 쌓은 친밀도는 오래가지 않았다. 다음에 술집에 와서도 선물을 하지 않는다면 금방 친밀도가 하락한다고 한다.

'선물은 아깝고.'

위드는 일단 직접 물어보기로 했다.

"그럼 무슨 이야기를 좋아하십니까?"

"저는, 음… 모험 이야기를 아주 좋아해요. 특히 바다에서의 모험 이야기요! 하지만 당신 같은 해골이 알고 있을 것 같지는 않네요."

모험이라면 위드도 굉장히 많이 다녔다.

바다는 아니더라도 여러 지역을 다니면서 했던 극악한 퀘스트들이 있는 것.

"제가 재미있는 이야기를 해 드리겠습니다."

"시간 낭비만 할 것 같아요."

"일단 들어는 봐 주세요. 로자임 왕국의 바란 마을에서 있었던 모험인데……."

모험 이야기의 시작.

여종업원의 환심을 사기 위해 말을 하기 때문에라도 술집은 항상 이야기로 넘쳤다.

끼루루!

막 모험에 대한 이야기를 꺼내려는 순간, 밖에서 황금으로 된 새가 날아들었다.

위드의 어깨에 앉은 황금새는 푸른 사파이어 눈동자로 안델리아를 보았다.

다이아몬드 왕관까지 쓰고 있는 깜찍한 모습!

참으로 절묘한 타이밍에 나타난 황금새였다.

술집의 손님들도 황금새를 보고 상당히 놀라워하며 웅성거렸다.

황금새를 데리고 다니는 유저에 대해서는 들어 본 적이 없었기 때문이리라.

"어머! 신기한 새네. 당신이 키우는 거예요?"

"그렇습니다."

―항구소녀의기다림 술집의 종업원 안델리아와의 친밀도가 조금 올랐습니다.

"만져 봐도 돼요?"

"물론이죠."

만진다고 해서 닳지는 않으므로 얼마든지 허락했다.

안델리아는 손가락으로 황금새를 가볍게 쓸어 보았다.

"이런 새가 있는 줄은 몰랐어요. 대단한 모험을 하고 계시는 분 같네요."

―항구소녀의기다림 술집의 종업원 안델리아와의 친밀도가 상당히 올랐습니다.

볼품없는 해골에서 대우가 수직 상승!

친밀도를 고정시킬 기회를 놓치면 후회하게 되리라.

"베르사 대륙의 고난에 빠진 이들을 도우면서도 바다에서의 모험을 꿈꾸면서 살았습니다. 이젠 조촐하지만 제 소유의 중형 범선과……."

바다의 재앙, 유령선을 강탈한 것이라는 말은 굳이 할 필요가 없었다.

상습적으로 물이 새고, 암초에 걸리며, 해초가 꼬인다는 말도 할 필요가 없는 것.

"제 말이라면 바다 괴물의 입속으로라도 뛰어들 만큼 믿음직한 선원들 그리고 동료들이 있습니다. 당장 제가 바다에 온 이유만 하더라도 이 황금새가 가리키는 곳을 찾기 위해서지요."

위드의 목소리가 은근하게 깔리려고 했다.

그래 봐야 해골 주제에 분위기를 잡고 있었지만, 기대감을 주는 여운을 남겼다.

"이 황금새가 가리키는 곳을요? 그곳이 어딘데요?"

"아쉽게도 아직 알지 못합니다. 하지만 니플하임 제국의 붕괴와 관련이 있다는 것만은 확실합니다."

"니플하임 제국이라……."

"들은 적이 있습니까?"

"저로서는 아주 오래 전에 존재했던 제국의 이름이란 것 밖에는 모르겠어요. 하지만 북쪽 바다를 자주 항해했던 노스티라는 할아버지가 계세요. 그분에게 물어보면 저보다는 낫지 않을까요?"

"노스티 할아버지는 어디에서 만날 수 있습니까?"

"섬의 동쪽 별궁 근처에 사세요. 대낮에는 항상 집 앞에 나와 계시니 만나기가 쉬울 거예요."

위드는 뿌듯함을 느꼈다.

퀘스트에 대한 실낱같은 단서는 생길 수도 있고, 생기지 않을 수도 있다. 노스티가 니플하임 제국에 대해 모를 수도 있는 것.

'어쨌든 공짜로 얻어 낸 정보야.'

여종업원에게 선물을 사 주거나 돈을 주지 않고도 정보를 획득해 냈다.

위드는 어깨를 활짝 폈었다.

"이게 다 내가 잘난 덕이지."

끼루루루룩!

위드를 따라서 웃고 있는 황금새!

조각술 마스터 게이하르 황제가 생명을 부여한 조각 생명체치고는 은근히 방정맞은 면이 많은 새였다.

'생명을 부여받은 놈치고 멀쩡한 녀석들은 정말 드물지. 새치고는 그래도 꽤나 똑똑한 녀석이야.'

위드는 새의 형상에 대해서는 미흡한 점이 많다고 생각했다.

눈길을 잡아끄는 아름다운 외모와 날개까지는 좋았다. 하지만 손과 발은 달려 있어야 그래도 실컷 부려 먹을 게 아닌가.

새의 형상은 부하로 써먹기에는 너무 불편하다.

"형님, 먼저 오셨군요."

제피가 낚싯대를 등에 지고 등장했다.

이피아 섬을 떠나기 전에 동료들과 오붓하게 술자리를 하기로 했으니 제피도 온 것이다.

"어서 오세요, 손님!"

그러자 여종업원 안델리아가 밝고 환하게 대접하는 모습!

"엄청 큰 물고기를 잡으셨네요!"

제피가 들고 온 꾸러미에는 각종 희귀한 물고기들이 담겨 있었다.

"실력이 굉장한 낚시꾼이신가 보네요."
"어머, 이렇게 큰 개복치는 처음 봐요."
제피의 주변에 몰려든 여종업원들!
"뭐, 이거 드릴까요?"
제피는 깐깐한 성격도 아니었기에 흔쾌히 생선을 내주는 모습이었다.
"건진 것들 중에 조개껍데기나 진주 가루, 갈아서 쓰면 피부에 좋은 해초들도 있는데, 필요하면 말씀만 하세요."
"어쩌면 좋아!"
"낚시꾼님, 어서 앉으세요. 궁금하거나 따로 필요한 건 없으세요?"
여종업원들 사이에서 제피의 인기는 가히 폭발적이었다.
'역시 이놈은······.'
위드는 말린 미역을 먹으며 유린에게 귓속말을 했다.
유린은 그사이 그림 이동술을 통해서 다른 지역에서 방랑을 하고 있었기 때문이다.
-유린아, 제피랑 자주 놀지 마.
오빠 말을 잘 듣는 착한 유린의 대답도 금방 도착했다.
-응, 그럴게.
이유도 묻지 않는 그녀!
제피의 연애 전선에 암운이 드리우는 순간이었다.

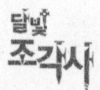

이피아 섬의 달밤. 일행은 맥주를 마시면서 많은 대화를 나누었다.

 화령은 노래를 작곡하던 중의 숨겨진 이야기도 하고, 공연으로 여러 국가를 돌아다닌 사연들도 밝혔다.

 "에펠탑을 처음 봤을 때가 열여섯 살 무렵이었을 거예요."

 "에펠탑이라… 프랑스에 있는 철골 구조물 말씀이시군요."

 "위드 님도 보셨어요?"

 "여름 여행 때 가 봤습니다. 원래 여행 가면 에펠탑 정도는 봐야 되는 거 아닙니까? 사진이 잘 나오더군요."

 프랑스, 이탈리아, 네덜란드, 독일, 영국 등을 돌아다닌 이야기!

 위드도 화령과 어울려서 대화를 할 수 있었다.

 '역시 이 맛에 해외여행을 다니는군.'

 잘난 척에는 최고라고 할 수 있는 해외여행!

 영국 이야기를 하다 보면 괜히 무언가 있어 보이는 게 아닌가.

 화령이 다닌 곳은 공연을 위한 대도시들 위주였고, 위드처럼 시골이나 지방은 거의 가 본 적이 없었다.

 그렇게 화기애애한 이야기를 나누다가 화령이 촉촉한 눈빛을 보냈다.

"이제 시간이 된 것 같지 않아요?"

벨로트나 이리엔의 얼굴도 붉게 상기되어 있었다.

마판은 눈을 빛내면서 마치 기다렸다는 듯이 고개를 끄덕였다.

"제 생각도 그렇습니다."

그들이 펼친 것은 정교하게 제작된 화투!

유린이 특별히 그려서 만든 화투 패였다.

술도 마셨고 분위기도 좋다. 사람들의 숫자도 많으니 완벽한 셈!

"점당 10골드예요."

"상당히 큰 판이 되겠군요."

다인은 혼자 일행에서 빠져나와서 달빛 아래의 해변을 거닐었다.

"잘 지내고 있었네."

위드는 동료들도 많이 있고 행복한 것 같았다. 병원에서 상상했던 그대로의 모습이었다.

"수술을 하기 전만 해도 내가 널 이렇게 좋아할 줄은 몰랐는데……."

영원히 세상과 이별할지도 모른다는 두려움으로 인해서

제정신이 아니었다. 다른 사람의 마음을 받아 줄 여유도 없었기에 아픈 대못을 박았다.

― 아, 로열 로드가 별로 재미없네. 한동안 접속 못 할지도 모르겠어. 나중에 다시 올게.

위드라면 목숨을 잃을 수도 있는 수술에 대한 이야기는 처음부터 하지 않았을 것이다. 친구나 가족 들이 걱정하지 않게 조용히 혼자 수술을 했을 것이다.
다인은 누군가는 영원히 그녀를 기억해 주기를 바라는 욕심에 말을 꺼냈다. 솔직한 고백보다는, 특별한 사람으로 남고 싶어서 걱정을 끼친 것이다.
그 사실이 내내 미안해서 위드를 만나면 어떤 이야기부터 해야 할지 걱정이었다.
저주로 인해서 변한 외모를 일부러 되돌리지 않은 이유가 그것이었다.
하지만 지금 위드는 친한 동료들과 함께 다니며 정말 행복해 보였다.
미안했다는 이야기도 할 수 없었다. 그리고 지금도 다인을 좋아하고 있냐고 물을 수 없었다.
운명.
위드와 자신이 운명으로 엮여 있다면 반드시 다시 만날 수 있을 거라고 환상을 품었다.

위드가 라비아스에 추억으로 남겨 놓은 조각품을 보면서 기뻐하기도 했다.

"괜찮아. 위드가 잘 지내고 있는 걸 보니 나도 마음이 가벼워졌어. 이제 와서 나란 걸 밝힌다고 해도… 별로 의미는 없겠지? 이미 좋아해 주는 사람도 있는 것 같고."

다인의 눈가에 살짝 눈물이 맺혔다. 하지만 유쾌하게 웃으면서 씩씩하게 다른 곳으로 걸었다.

"나한테도 첫사랑인데……. 원래 첫사랑은 이렇게 끝나는 걸까?"

배 위의 공연

다음 날 아침 해가 떠오르자 위드는 노스티를 만나기 위해서 동쪽 별궁을 향해 걸었다.

해변에서 화령과 벨로트, 이리엔, 페일이 따라가겠다고 나섰다.

다인은 파티에서 탈퇴하고 다른 곳으로 갔는지 볼 수 없었다.

위드는 한기가 풀풀 도는 말투로 이야기했다.

"1,190골드를 따신 화령 님과 690골드를 받아 간 벨로트 님이 같이 가신다니 영광입니다. 이리엔 님도 제 돈 좀 따 가신 걸로 아는데… 810골드 정도 되나요?"

위드는 고스톱을 몇 시간을 치면서도 잃어버린 금액을 정확하게 계산하고 있었다.

화령이 웃으면서 말했다.

"에이, 고스톱 좀 친 거 가지고 왜 그러세요? 기분 나쁜 거 아니죠?"

"전혀 아닙니다. 그런데 1,190골드나 따서 기분이 참 좋으시겠어요. 자자손손 대대로 물려주고 싶으시겠군요."

고스톱에서 잃은 돈에 대한 뒤끝!

위드는 슬픔을 삼키면서 동쪽 별궁을 향해서 걸었다. 다행히 길거리에서 노스티를 만날 수 있었다.

그는 바람 부는 언덕에서 바다를 보고 있었다.

위드는 바다를 그리워하는 노스티에게 다가가서 친근하게 말을 걸었다.

"아저씨가 노스티란 분이신가요? 바다에 대해서 모르는 게 없으시다고 해서 왔습니다. 세월의 연륜만큼이나 위대한 것은 없죠. 바다를 꿈꾸는 젊은 뱃사람들에게 가르침을 주실 수 있으신지요."

입만 열면 나오는 노골적인 아부.

까다롭게 조건을 달거나 친밀도를 높일 필요는 없는지, 노스티는 쉽게 말을 받아 주었다.

"흐흘, 바다에 대해서 어떻게 모르는 게 없을 수 있겠나. 그래, 알고 싶은 게 뭔가?"

"북쪽 바다로 자주 항해를 하셨다고 들었습니다만……"

"우리 아버지를 따라서 어릴 때부터 배를 탔지. 그쪽 바다에서 자랐다고 해도 과언은 아닐세. 고향인 이피아 섬이 어색할 정도지."

"니플하임 제국에 대해서도 알고 계십니까? 그쪽 사람들이 바다로 나갔다면 어디에 있는지 알 수 있을까요?"

"니플하임 제국이라면 오래전에 북부에 있었던 제국? 모르겠네. 니플하임 제국이란 곳이 있었다는 말은 들었지만 그게 전부라네."

노스티는 알지 못하고 있었다. 하지만 위드는 포기하지 않았다. 퀘스트를 위해서는 작은 단서라도 나중에 큰 도움이 되는 법이다.

"니플하임 제국이나 그에 관련된 이야기를 알 수 있는 사람이 있을까요?"

바다에서 뼈가 굵고 머리가 하얗게 센 노스티라면 다른 지식들도 풍부할 것이라는 계산!

실제로 로열 로드에서 NPC들은 친밀도가 아무리 높더라도 자신이 아는 한도 내에서만 대답해 줄 수 있었다.

"북쪽 바다에도 작은 어촌들이 제법 남아 있다네. 니플하임 제국 출신 항해사나 어부 들이 살고 있을지도 모르지."

"이피아 섬까지 오는 동안에 어촌은 발견하지 못했는데요?"

"엄청난 추위와 몬스터로 인해서 대부분 섬으로 옮겨 가기는 했지. 바다를 잘 아는 사람이 아니고서야 찾기가 쉽지는 않을 거야. 해도를 가지고 있는가?"

"네."

"꺼내 보게. 내가 아는 항구들을 가르쳐 주지. 아마 북부에 남아 있는 항구들의 거의 전부일 거라고 생각하네."

노스티는 육지와 바다가 나와 있는 지도의 몇 군데에 동그라미 표시를 했다.

띠링!

―플라네티스해의 항구 열두 곳의 위치가 해도에 기록되었습니다.

"젊은 뱃사람이라니 항해에 대한 기초적인 이야기를 해 주지. 먼저, 소용돌이를 만나게 되면 급하게 키를 돌리지 말게. 배의 옆면이 빨려 들어가게 되면 절대 회복하지 못할 거야."

―항해 스킬의 숙련도가 25% 상승하셨습니다.
 조타의 효과가 영구적으로 1.2% 오릅니다.

"참, 그리고 부탁할 게 있는데, 모콘 마을에 들르게 되면 내 소식을 그곳의 대장장이에게 전해 줄 수 있겠나? 고향에서 잘 지내고 있다고 말이네. 다시 바다에 나가지는 못할 것 같다고 내 대신 말해 줘."

띠링!

> **노스티 할아버지의 연락**
> 노스티는 수명이 얼마 남지 않았다.
> 바다에서 만나서 형제처럼 친하게 지내던 모콘 마을의 대장장이에게
> 소식을 전해 주기 바란다.
> 어려운 일은 아니지만, 친구의 소식을 듣게 된 모콘의 대장장이는 큰
> 호의를 가질 것이다.
> **난이도** : D
> **보상** : 모콘의 대장장이로부터 받을 수 있음.
> **퀘스트 제한** : 모콘 마을의 위치를 알고 있어야 함.

위드에게는 그야말로 반가운 의뢰였다.

'역시 대장장이 관련 물품이 가장 비싸지.'

모콘 마을은 어차피 퀘스트를 하기 위해서 가야 하기도 했다.

난이도가 낮다고는 하지만, 장비와 관련된 보상 의뢰는 항상 짭짤했다.

"알겠습니다. 소식을 반드시 전해 드리겠습니다."

―퀘스트 개수 제한에 걸려서 의뢰를 받지 못했습니다.

퀘스트가 3개 가득 차서 의뢰를 받지 못할 상황이었다.

노스티가 어쩔 수 없다는 듯이 고개를 저었다.

"이미 맡은 일이 많은 것 같군. 해야 할 일을 많이 쌓아 두고 하지 않은 사람에게 새로운 일을 맡길 수는 없으니······."

화령과 벨로트는 슬그머니 눈치만 보고 있었다.

배운 게 있는지, 이리엔이 손녀처럼 노스티의 손을 다정하게 잡으며 말했다.

"저도 위드 님과 같이 가니 제가 전해 드릴게요."

"착한 처자로구먼. 그대처럼 착한 아가씨라면 믿고 맡길 수 있지. 꼭 전해 주기를 바라네."

띠링!

- 이리엔이 노스티 할아버지의 연락 퀘스트를 수락했습니다.

- 이리엔의 행운 스탯이 4 올랐습니다.

이리엔은 순수한 호의로 노스티의 연락을 전해 주고 싶을 뿐이었다. 뒤늦게야 자신의 행동이 초래할 결과를 눈치채고 위드의 표정을 살폈다.

해골이 무섭게 굳어 있었다!

위드가 말했다.

"810골드 정도를 따 가신 이리엔 님이 퀘스트도 대신 진행해 주시는군요!"

무한한 뒤끝의 시작.

하지만 위드가 받지 못할 퀘스트였으니 양보하는 게 맞았다. 무리한 고집을 부려서 동료들이 받을 수 있는 의뢰를 못 하게 할 수는 없었다.

"화령 님이나 벨로트 님도 퀘스트를 받으세요."

"그래도 돼요?"

"물론이죠. 제가 못 하더라도 다른 분들은 하셔야겠지요."

화령과 벨로트도 퀘스트를 받았다.

위드는 그냥 지나가는 말로 넌지시 이야기할 뿐이었다.

"이게 뭐 이리엔 님이나 화령 님, 벨로트 님의 잘못은 아니지 않습니까? 제가 지난번에 200원 비싼 소금을 산 적이 있는데, 다 그때 사치를 한 죄인 거죠."

노스티를 만나고 나서 위드는 곧바로 출항 준비를 갖췄다.

"해도에 표시된 북쪽 항구로 가야 되겠군."

유령 선원들은 먹지 않아도 되니 보급품이 따로 필요하지는 않았다.

문제는 검치 들이라고 할 수 있었다.

엄청나게 먹어야 하니 낚시로 식량을 구하기도 만만치 않았고, 체중이 많이 나가서 항해 속도가 심하게 느려졌다.

위드의 항해 스킬이 중급 이상이라면 배의 적재량을 초과하더라도 속도가 크게 떨어지지 않겠지만, 지금은 겨우 4레벨밖에 안 된다. 유령선을 여객선처럼 사람을 나르는 데 쓰기에는 무리였던 것이다.

위드는 검치 들을 향해 말했다.
"사형들, 이피아 섬에 남지 않으시겠습니까?"
"왜?"
도장에선 믿음직한 사형이었고, 모라타를 지키는 데에 큰 도움을 준 이들이었다. 그렇기에 야박하게 말할 수는 없었다.
어떻게 무겁다고, 많이 먹는다고 구박을 할 수 있단 말인가!
"어제 마신 맥주가 참 맛있더군요."
"이곳 맥주가 맛있다는 말은 나도 들었지."
"바비큐도 그만이었고, 밤낮을 가리지 않고 예쁘고 늘씬한 여자들이 아찔한 비키니 차림으로 돌아다니는데……."
"크흠!"
검치 들이 이야기에 집중하고 있는 게 느껴졌다.
위드는 그로부터 5분간 이피아 섬의 장점들에 대해 늘어놓았다.
지상 천국, 낙원, 없는 게 없고 뭐든지 할 수 있을 것 같은 이피아 섬.
"지난밤에 동료들과 해변에서 맥주를 마시고 있는데 여자들이 먼저 적극적으로 말을 걸어오더군요. 휴양지라서 그런 걸까요? 그렇게 귀엽고 예쁜 여자들이 먼저 말을 걸어 줄 거라고는 생각도 못 했는데 말이죠. 친구 등록도 5명이나 했습니다."
이피아 섬에서는 흔하게 벌어지는 광경이었다. 하지만 해

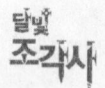

골에 불과한 위드에게 먼저 말을 걸 여자는 없었다.

제피에게 친구 등록을 하자고 청한 여자가 5명이었던 것이다.

"으흠, 5명이나······."

"이피아 섬에는 여자들이 참 많기는 하더군. 해변만 가더라도 엄청나긴 했으니······."

검치 들의 의식도 많이 바뀌어 있었다.

사실 단체 생활을 하고 육체 단련을 하면서 여자들과는 정말 거리가 먼 삶을 살아왔다. 하지만 로열 로드를 하면서 여자들과 파티를 할 기회도 생기고, 대화를 나눌 일도 생겼다.

검치 들 중에서도 30명이 넘게 연애를 하고 있었으니, 이제는 더욱 안달이 나 있는 상태라고 할 수 있었다.

위드가 아쉽다는 듯이 말했다.

"정말 좋은 기회인데 안타깝네요. 사형들이 저를 따라서 바다로 나간다면 언제 이피아 섬으로 다시 돌아올지 모르지 않겠습니까? 몇 달이 걸릴지도 모를 항해인데요."

"······."

"용기 있는 자가 미인을 얻지만, 그것도 다 기회가 있어야 하는 것 아니겠습니까? 이런 기회는 놓쳐서는 안 되는 법인데. 바다에서의 모험도 굉장히 짜릿하겠지만 그래도 이런 휴양지에서의 연애 가능성은 엄청 높을 텐데······. 헛! 저기 미녀가!"

위드가 가리키는 곳으로 검치 들의 시선이 모두 돌아갔다.

남자인 이상 거부할 수 없는 본능!

미녀의 존재를 본 검치 들의 마음은 더욱 흔들리고 있었다.

솔직히 누가 이 마당에 항해를 하고 싶겠는가.

위드는 가식적으로 해골을 흔들며 고뇌하는 척을 하고 나서 말했다.

"사형들은 지금까지 로열 로드를 하면서 항상 퀘스트나 전투를 해 오지 않으셨습니까. 이피아 섬에서 사냥도 하고 일광욕도 하면서 쉬시는 게 어떨까요?"

"음, 위드야."

"예, 검삼치 사형."

"그래도 사형제들의 의리가 있지, 어떻게 너를 혼자 보낼 수가 있단 말이냐."

"저에게는 다른 동료들도 있지 않습니까. 그리고 저는 사형들이 정말 잘되기를 바랍니다."

위드는 필요 때문에 하는 말이라도 항상 진심을 담았다. 진심이야말로 사기 치기에는 그만인 것이다.

검치 들이 위드의 어깨와 손을 굳세게 잡아 왔다.

"고맙다!"

"넌 진정한 막내라고 할 수 있다."

검치 들을 그렇게 이피아 섬에 남겨 놓고 유령 함대가 출항했다.

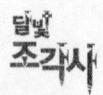

위드나 마판 그리고 다른 동료들도 가지고 있는 재산을 탈탈 털어서 교역품들을 구입, 선실 창고에 채워 넣었다.

북부 항구들에서는 어떤 물건이 비싸게 팔릴지 알 수 없었으므로 다양한 물건들, 주로 생필품 위주로 사 모은 것이었다.

이피아 섬에서 출항한 지 나흘째!

유령선들의 속도는 이전보다 60% 이상 불어나 있었다.

당연히 쾌속선과는 비교할 수 없지만, 과거의 지루한 항해를 기억하던 사람들에게는 꽤나 빠르게 느껴질 정도였다.

"와아, 시원하다."

수르카가 갑판에 나와서 모자를 벗었다.

바닷바람에 검은 머릿결이 가볍게 휘날렸다. 항해를 하면서 이제야 어딘가로 간다는 느낌이 났다.

위드의 어깨에서 날아오른 황금새가 주변의 기러기와 갈매기 들을 끌고 왔다.

돛과 갑판에 가득 앉아 있는 새들의 추가 효과!

—바닷새들로 인하여 항해 속도가 16% 빨라집니다.

네리아해를 살짝 벗어났을 때부터는 작은 암초들이 바다에 솟아 있었다.

위드의 항로 자체가 북쪽 섬들을 바탕으로 하였기 때문에 일반적이지는 않은 경로다.

"암초들을 조심해라. 우현 전타!"

위드는 암초들을 피하기 위해서 키를 돌렸다.

유령선을 완전히 조종하기에는 부족한 항해 스킬로 인하여, 배가 제멋대로 기우뚱거리거나 속도가 뚝 떨어지곤 했다. 하지만 예전보다는 훨씬 나은 느낌으로 조종할 수 있었고, 항해 스킬의 숙련도도 그럭저럭은 올라가고 있었다.

위드가 조종하는 유령선이 암초를 슬쩍 지나칠 때였다.

암초 위에 있던 매력적인 인어들이 손을 흔들었다.

상체는 아름다운 알몸이고 하체는 지느러미로 되어 있는 인어들은 네리아해가 아닌 넓은 바다로 나와야만 볼 수 있다.

인어들을 보는 일은 엄청난 행운이 있어야 되는데 그들을 만난 것이다.

"알로하!"

"반가워요, 인어 여러분."

페일과 마판이 열심히 손을 흔들었다.

인어도 사냥할 수 있지만 그럴 생각 따위는 전혀 없는 모습.

착하고 예쁜 인어였지만 매우 높은 레벨의 몬스터였다.

바다로 잠수하고 나면 추적할 수도 없으니 인어 사냥은 거의 불가능했다.

위드도 무심하게 슥 쳐다보고 말 뿐이었다.

'잡지도 못할 몬스터이니 그림의 떡이로군.'

로뮤나와 이리엔, 여성 유저들도 인어가 아름답고 신기한

지 넋을 놓고 마냥 구경했다.

> -바다의 인어들로 인하여 항해 동안 전체 선박의 행운이 35% 오릅니다.
> 항해 속도가 최고 12% 빨라집니다.

희귀한 인어들까지 발견함으로써 유령선들은 더욱 빨라졌다.

> -항해 스킬의 숙련도가 상승하셨습니다.

> -카리스마가 1 증가했습니다.

항해 속도가 빨라지니 숙련도도 훨씬 빨리 늘어난다.

스킬이 초급 5레벨로 오르고, 통솔력과 인내력이 8개씩 늘었다.

갑판에서는 벨로트가 예쁘게 세공된 피리를 불었다.

바드로서 그녀의 연주 실력은 상당히 뛰어난 편이라서, 유령선과는 어울리지 않는 아름다운 선율이 흘러나왔다. 새들이 지저귀면서 좋아하고, 자잘한 물고기들이 바다 위로 뛰어올랐다.

인어들도 수영을 하면서 유령선을 따라왔다.

이곳에는 정령술사가 없기에 볼 수 없었지만, 바다의 정령과 물의 정령, 바람의 정령 들도 함께 그윽하고 감미로운 선율에 취했다.

바드, 어디서든 음악을 연주하는 음유시인이 보여 주는 멋진 광경이었다.

화령이 공주풍의 펄럭거리는 드레스를 꺼냈다.

"춤이나 조금 춰 볼까?"

"와! 언니의 춤 보고 싶어요."

수르카가 정말 기뻐하면서 환영의 뜻을 보였다.

그녀들은 유령선에 앉아 있는 동안에 딱히 할 일이 없어서 빈둥거리며 살인적인 수다를 떨었다.

다른 연예인에 대한 이야기서부터 최근 텔레비전에 방송되는 드라마, 영화, 음악, 정치, 경제, 사회, 기업, 외국, 혹은 다른 길드나 모험 이야기까지!

수다의 끝을 보여 주려 했다고 해도 과언이 아니다.

오죽하면 페일과 마판마저 낚시를 배우고 싶다고 위드와 제피의 곁에 함께 앉았을까.

급기야 처음에는 꺼림칙했던 유령 선원들과도 맥주를 나눠 마시며 수다를 떨 정도로 친해진 그녀들이었다.

"그럼 간단히 춰 볼게요."

화령이 가볍게 발끝으로 서서 인사를 하더니 갑판을 빙글빙글 돌며 춤을 추기 시작했다.

중세 시대 귀족들의 춤처럼 기품 있고 우아했다.

드레스와 음악, 모든 분위기에 더없이 자연스럽게 어울리는 화령만의 매력.

음악과 춤으로 인하여 유령선의 분위기가 더욱 흥겨워졌다.

-선상 공연으로 인하여 전체 선박의 사기치가 최대가 됩니다.
체력의 회복 속도가 일시적으로 빨라지고, 항해에 최고의 행운이 부여됩니다.

벨로트와 화령의 공연이 만들어 낸 효과!

갑자기 위드와 제피의 낚싯대에 잡히는 생선들의 질이 달라지기 시작했다.

하루에 1마리 잡을까 말까 한 희귀 어종들이 잡혔고, 유령선에서 흘러나오는 음악을 듣기 위해 인간에 대해 호감을 가진 여성 인어 떼가 몰려들었다.

바다에서만 사는 고래처럼 생긴 수인족들도 멀찍감치에서 따라왔다.

-바다의 정령의 축복을 받아서 항해 속도가 17% 오릅니다.

-물의 정령의 축복을 받아서 항해에 불안한 요소가 줄어듭니다. 암초와의 충돌, 소용돌이, 돌풍의 영향이 적어집니다.

-바람의 정령의 축복을 받아서 돛의 최대 능력을 이끌어 냅니다.

유령선이 갑자기 쾌속선으로 변한 것처럼 빨라졌다.

음악과 춤, 문화의 위력이었다.

"와아!"

모두가 찬탄을 보내는 와중에 화령의 춤은 절정에 이르렀다.

어린 시절 고향에서 소꿉친구와 놀 때를 떠올리는 듯이 맑고도 그리운 느낌이 나는 피리의 음색.

경쾌하면서 발랄하지만 마음 한구석을 애틋하게 만드는 피리의 곡조를 화령은 더없이 우아한 춤으로 해석했다.

개구쟁이처럼 친구들과 뛰어놀던 어린 숙녀, 성장한 후에 사랑하는 남자와 행복한 결혼식을 치르면서 춤추는 것 같은 분위기.

다이아몬드가 박힌 목걸이와 귀걸이가 가볍게 흔들렸다.

길게 늘어뜨린 머릿결에 시선을 잠시 빼앗기고 있으면 꽃잎이 바람을 타고 날리면서 가슴 깊이 스며드는 향기.

"와! 예뻐요!"

"최고다. 벨로트 님의 연주도 놀라워요."

메이런과 이리엔이 아낌없는 박수를 보냈다.

조각사가 혼신의 노력을 다해서 작품을 만들어 낸다면 댄서와 바드 들은 음악과 춤으로 매력을 사방으로 발산한다. 존재 자체만으로도 분위기를 바꾸어 놓을 수 있는 능력은 독보적이라고도 할 수 있다.

아무리 피곤하더라도 피로를 깔끔하게 씻어 주는 그녀들의 공연이었다.

항해 속도가 빨라지니 위드도 왠지 흥이 생겼다.

"음악과 춤이라……."

하프 연주는 어느 정도 할 수 있었다. 그리고 노래라면 빠뜨릴 수 없는 게 본인이 아니던가.

이마에 땀이 송골송골 맺힌 화령의 분위기는 빠져들 수밖에 없는 매력을 자아내고 있었다.

그녀를 보고 있으니 다른 여성들도 기분이 좋아졌다.

"언니, 저도 춤추고 싶어요."

"수르카야, 그럼 같이 춤출까?"

"무슨 춤을 출까요?"

"이리엔 님도?"

여자들이 자리에서 일어났다.

어느새 다 같이 춤을 배우는 분위기로 변해 버린 것이다.

그녀들에게 간단한 춤을 가르쳐 주다가 화령이 말했다.

"우리 제대로 된 공연 한번 해 볼래요?"

"공연요?"

로뮤나가 관심을 드러냈다.

제피와 페일, 마판도 계속 곁눈질하면서 그녀들의 춤을 구경했다. 어딘가 어색하지만 다들 귀엽고, 즐거워하는 모습이 보기 좋았다. 그런데 바드들처럼 공연을 하겠다는 것이다.

"음악도 있고… 어울려서 춤을 춰 보는 거예요. 연극처럼 스토리가 있는 공연을!"

관객으로는 인어들과 바다 생물들, 새들 그리고 눈에 보이지는 않지만 정령들이 있었다.

스토리를 정하기에 앞서 화령이 먼저 바라는 역할을 말했다.

"저는 공주를 맡고 싶어요. 세상에서 가장 착하고 예쁜 공주."

여자라면 누구나 바라는 역할이었다. 복장으로 보나 분위기로 보나 화령처럼 공주 역할에 잘 어울리는 사람이 없었다.

로뮤나도 원하는 역할을 이야기했다.

"그럼 저는 대륙에서 가장 뛰어난 마법사를 할래요. 이리엔, 넌 뭘 하고 싶어?"

"난 사람들을 구해 주는 성직자!"

현재의 직업과 크게 다르지 않은 역할들을 바라고 있었다. 따로 분장을 하지 않고서도 공연에 어울리기 위해서였다.

메이런은 조금 특별한 생각을 가지고 있었다.

"의적 빌헬름 텔처럼 불의를 보면 참지 못하는 레인저가 되고 싶어요."

그녀는 동화처럼 악당과 싸우는 영웅을 꿈꾸었던 것이다.

수르카도 그런 영웅이 되고 싶다고 했다.

벨로트도 빠질 수 없는 분위기였다.

"저는 그럼 그런 영웅들을 노래하는 음유시인 역할을 맡을게요."

불똥은 남자들에게도 튀었다.

제피는 머리를 긁적이다가 대답했다.

"공연은 잘 모르는데… 일단은 남는 역할을 할게요."

커플인 페일은 여기서도 티를 냈다.

"저는 메이런과 부부 궁수로 나와야죠."

마판도 바라는 역할은 있었다.

"전 세계에서 가장 많은 돈을 번 상인으로 나오면 좋겠는데요."

바라는 역할도 가지가지!

바다 한복판, 유령선에서의 공연이라니 제법 낭만적인 일이 아닌가.

마지막 남은 위드에게 시선들이 몰렸다. 과연 위드는 무엇이 되고 싶은지 궁금했기 때문이다.

위드는 생각해 볼 것도 없다는 듯이 대답했다.

"대악당."

"……"

"세상을 지배하는 마왕 정도가 좋겠군요. 그럼 대본부터 만들죠."

연극 자체가 대충 흥미로울 것 같아서 시도하는 것이었으니 오랜 계획 따위가 있을 리가 없었다.

저마다 바라는 역할에 맞춰서 쪽대본을 급하게 썼다.

대본을 쓰는 데 걸린 시간이 불과 15분이었다.

벨로트의 감미로운 하프 연주로 연극은 시작되었다.
"랄랄라."
머리에 꽃을 꽂은 화령이 춤을 추고 있었다.
맑은 웃음소리와 함께 유령 선원들과 춤을 추는 그녀!
공연의 1부 제목은 <화령 공주와 30명의 유령 선원들>이었다.

유령 선원들은 술과 고기를 바치면서 화령을 위해서 춤과 노래를 했다.
"겔겔겔, 아름다우십니다."
"뭐든 시키실 일이 있다면 말씀만 해 주세요."
발치에 오래된 융단을 깔아 주고, 의자를 가져다주는 유령 선원들의 어색한 춤.
화령은 몽환적인 표정을 지으며 말했다.
"난 멋진 왕자님과 결혼할 거야."
그리고 멀찌감치 떨어져서, 위드가 데스 나이트와 함께 그 광경을 보고 있었다.
"반 호크."
"말하라, 주인."
"참 아름다운 아가씨다."
"그렇다."

"첫눈에 반했구나. 저 여자와 결혼을 한다면 좋을 텐데…….
정중하게 모셔 오너라."

데스 나이트는 뚜벅뚜벅 화령이 있는 곳으로 걸어가서 말했다.

"마왕님께서 널 납치하라고 지시하셨다."

"어머, 정말? 그럼 어서 날 데리고 가…가 아니고 싫어."

유령 선원들이 화령을 지키기 위해 나섰다.

"킬킬, 공주님을 데려갈 수는 없다."

"우리부터 꺾어야 될 것이다."

데스 나이트는 묵묵히 검을 뽑을 뿐이었다.

언데드 중에서도 지휘관 역할을 하는 데스 나이트에 비하여 유령들은 열등한 존재에 지나지 않았다.

퍼버버버버벅!

위드에게 당했던 대로 고스란히 갚아 주는 데스 나이트.
연극이 아닌 실제의 폭력 행사!

페일이 조심스럽게 귓속말로 말했다.

- **위드 님, 이래도 괜찮을까요?**
- **연극에는 리얼리티가 생명이니까요.**

데스 나이트는 유령 선원들을 단숨에 물리치고 나서 화령을 위드에게 데리고 왔다.

"으흑, 마왕이다. 결국 나는 나쁜 마왕과 결혼하고 마는구나."

해골을 보며 기구한 운명에 슬퍼하는 화령이었다.

위드와 함께 춤을 추는 그녀. 도망가는 미녀와 쫓아가는 해골.

웬만한 공포 영화를 능가하는 스릴과 서스펜스, 추격 장면들이 나왔다.

화령이 단검까지 던져 가며 거부하였지만 위드의 구혼은 절대적이었다.

"난 나이도 많고 착하지도 않지만……."

"싫어요!"

"가진 건 돈밖에 없소!"

"어머나!"

벨로트가 연주하는 음악이 촉촉하고 그윽하게 바뀌었다.

위드는 화령을 보며 말했다.

"샛별 같은 그대의 눈동자에 반했소. 그대처럼 몸과 마음이 아름다운 여자라면 못된 나의 심성도 바꿀 수 있을 것 같구려. 쌓여 있는 명품 보물들을 그대가 써 주면 기쁠 것 같소. 부족함이 많지만 나를 받아 주겠소?"

"얼마든지요."

마왕에게 사로잡혀서 슬퍼하던 공주는 마왕의 진심 어린 고백을 받고 결혼하기로 결정했다.

화령은 온갖 보석들과 액세서리들을 꺼내서 걸쳤다.

그리고 미녀와 해골의 댄스!

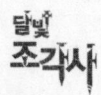

두 손을 마주 잡고 우아하게 춤을 추려고 했지만, 상당히 어울리지 않는 커플이었다.

뻣뻣하게 굳어 있는 해골의 뼈마디와 화사하게 웃고 있는 화령의 춤은 전혀 걸맞지 않았던 것이다.

벨로트가 연주하는 아름다운 가곡이 아까울 정도였다.

그리고 페일과 함께, 정의의 사도가 되고 싶었던 메이런이 등장했다.

"마왕! 우리 마을을 괴롭히는 너를 퇴치하기 위해서 왔다."

"음."

위드는 그저 사과를 던질 뿐이었다.

페일과 메이런은 번개처럼 시위에 화살을 재어서 사과를 쏘았다.

위드는 박수를 쳤다.

"너희의 솜씨에 감탄했다. 앞으로 5년간 세금 면제."

"고맙습니다, 마왕님."

유령 선원들이 최고의 의로운 궁수들이라고 박수를 치며 환호했다.

로뮤나도 등장해서 마법을 보여 주고 최고의 마법사로 존경을 받았다.

수르카는 멋진 주먹을 보여 주고, 마왕에게 인정받는 권사가 되었다.

이리엔은 그냥 와서 모두 함께 친하게 지내자는 기도를 했다. 중간 중간 배운 춤과 노래를 했지만 어쨌거나 어색하기 짝이 없는 연극.

그리고 제피가 갑자기 나타나서 말했다.

"마왕님, 세금을 7배로 올렸습니다."

위드가 답했다.

"잘했구나!"

아무 역할이든 가리지 않겠다고 한 제피는 결국 마왕의 부하 신세였다.

앞잡이 역할을 충실히 하면서 유령 선원들에 대한 착취에 앞장선다.

연극이 끝날 무렵에 마판도 등장했다.

"마왕 폐하! 대륙 최고의 상인 마판입니다. 이번 상거래로 엄청난 돈을 벌었기에 세금을 납부하러 왔습니다."

마왕에게 부역하면서 막대한 돈을 벌어들이는 상인!

저마다의 꿈을 성공적으로 완성한 한 편의 간단한 연극이었다.

―악독한 마왕의 추악한 꿈을 성공적으로 공연하셨습니다.
관객들의 호응도 67점.
비도덕적인 공연으로, 참여한 배우들의 도덕적인 성향과 명성이 5씩 떨어집니다.
바다에서 공연을 접한 적이 없는 관객들은 적극적으로 환영할 것입니다.

바다 관객을 위한 부분에서는 합격점이었다.

"인간의 공연은 멋있어."
"나도 잔인한 마왕과 결혼을 하고 싶어질 것 같아."
인어들은 짤막한 감상평들을 냈다.

잘못된 문화 공연이 성숙하지 않은 관객들에게 잘못된 영향을 끼치고 있었다.

인어들은 공연에 대한 보답으로 바다 생물들과 함께 배에 달라붙어서 밀어 주었다.

덕분에 탄력을 받은 배는 최고 속도를 갱신하면서 무시무시하게 달렸다.

중형 범선의 뱃머리가 위로 들릴 정도로 치솟았고, 파도를 가르면서 앞으로 나아간다.

"이거 로열 로드 동영상 게시판에 올리면 절대 안 되겠군요."
"음, 대망신이에요."
무료한 항해로 인해 만들어 본 연극이었지만 이후로는 절대 하지 않기로 결심했다.

The Legendary
Moonlight Sculptor

해녀 위드

"암초나 소용돌이에 휘말리면 안 되니 더욱 조심해야겠군."

위드는 큰 바다로 나가고 나서도 경계를 늦추지 않았다.

수평선까지 보일 정도로 탁 트인 바다라고는 하지만, 속도가 빨라지면 그에 따른 위험도 훨씬 증가한다.

암초나 해초에 자주 걸리는 유령선의 특성상 그 위험도는 더욱 커졌다.

"항해는 잠시라도 긴장을 풀어서는 안 돼."

위드는 제피와 함께 낚시를 하면서도 계속 주변을 경계했다.

자잘한 물고기들은 새들이 먹을 수 있도록 던져 주었다.

배에 추가 속도를 부여해 주는 행운의 새 떼는 먹을 것이

사라지면 다른 곳으로 가 버리기 때문에 부지런히 먹여 살려야 했다.

그렇다고 해도 검치 들을 먹일 때보다는 훨씬 편했다. 빵 부스러기나 요리하기 애매한 작은 생선을 던져 주면 되니까.

위드는 해도를 펼쳐 놓고 예상 항로를 그었다.

"다행히 중간에 기항해서 보급을 할 필요는 없을 것 같아."

유령 선원들이 술 조금 외에는 먹지를 않으니, 식수나 식량은 풍족하다 못해서 넘쳐 났다.

이피아 섬을 나올 때에 선실 창고에는 이틀 치 정도의 식량과 닷새 치 정도의 물을 챙겨 놓고 있었다.

최악의 상황에서도 아껴 먹으면 굶어 죽을 때까지 이레는 버틸 수 있었고, 또 각자 가지고 있는 식량들도 꽤 된다.

"목적지까지 바로 갈 수 있겠군!"

근검절약 정신을 바탕으로 식량을 많이 준비하지 않았는데, 낚시로 건진 물고기들을 말리고 소금을 뿌려 보관하자 식량이 1달 이상 먹을 분량으로 늘었다.

비가 올 때 수통에 물을 잔뜩 받아서 식수도 충분했다.

"폭풍만 불지 않는다면, 북쪽 섬으로 엿새 정도만 더 곧바로 항해하면 도착하겠어."

중간에 기항하지 않고 먼 거리를 단숨에 갈수록 항해 스킬의 숙련도가 더 많이 늘어난다. 그리고 가까운 거리를 자주 왕복하기보다는 한 번도 간 적 없는 오지를 찾아갈수록 잘

늘었다.

"엄청난 장거리 항해니까 숙련도를 확실히 올려 주겠지!"

항해 여드레째가 되던 날이었다.

위드가 제피와 함께 계속 낚시를 하는 동안, 시커먼 그림자들이 바다에 나타났다.

―바다 괴물 군단이 쫓아오고 있습니다.

오랜 항해에, 배를 추격하는 바다 괴물들의 등장!

"전속력 항해!"

위드는 배의 속도를 최대로 올렸다.

유령 선원들의 반응이 걸작이었다.

"빨리 항해하래."

"닻을 내리면 되는 건가?"

"돛을 접어라!"

제멋대로 구는 유령 선원들!

오랜 항해에 의해 충성도가 줄어들고, 위드에 대한 반감이 커진 모습이었다.

하지만 그렇지 않더라도 유령선의 속도로 바다 괴물 군단을 따돌리는 건 무리였다.

"이대로는 따돌리기가 힘들겠군."

위드는 일단 유령 선원들을 잡아서 바다로 던졌다.

"놀지 말고 가서 싸워라!"

"선장님, 제발 살려 주세요!"

유령 선원들은 바다로 떨어지자마자 칼을 휘두르면서 허우적거리다가 바다 괴물에게 먹혔다.

그리고 금방 갑판에서 흐느끼며 등장했다.

"으흐흑, 선장님이 나를 버렸어. 바다 괴물에게 뜯어 먹혔어!"

유령 선원들은 배에 귀속되어 버린 상태라서 신성력이 아닌 한 사라지지 않는다.

위드는 유령 선원들을 바다로 계속 던지면서 바다 괴물의 추격을 회피하려고 했지만 놈들은 끈질기게 쫓아왔다.

"이러면 어쩔 수 없지."

바다에서의 싸움은 익숙하지 않아서 썩 내키지 않았다.

베르사 대륙의 여러 직업들은 각각의 특성에 따라 장점과 단점이 나뉘지만, 바다에서는 배의 성능에도 크게 좌우된다. 하지만 일반적으로 공인된 바다 최강의 직업이 있었다.

해군이나 해적, 낚시꾼은 물론 아니었다.

작살과 갈고리를 들고 바다를 자유자재로 돌아다니는 해녀들.

수중에서 식인 상어나 대형 바다 괴물도 사냥하고, 선박의 밑바닥에 구멍을 뚫는다.

엄청난 용기와 수영 능력, 바닷속의 던전이나 모험을 휩쓸고 있는 해녀들!

먼바다로의 항해에서 바다 괴물 지역을 통과할 때에는, 전투함의 호위를 받거나 해녀들 3~4명 정도를 거느리는 것이 필수적이었다.

하지만 유령선에는 해녀나 바다 괴물과의 전투에 익숙한 사람이 없다.

위드는 일단 그래도 견적부터 뽑았다.

"가죽은 쓸모가 없고, 고기는 먹으면 사라질 테고, 유통기한도 그리 길지 않아. 잡템은 뭘 줄지 모르겠군!"

다크 게이머 연합의 정보 게시판에도 바다 괴물이 주로 떨어뜨리는 아이템 목록은 없었다.

"피할 수 없다면 물리치는 수밖에. 전원 전투 진형으로! 공격 준비가 되자마자 바로 전투 시작!"

위드가 결정을 내리자마자 동료들은 기다리고 있었다는 듯이 공격을 개시했다.

"라이트닝 샷!"

페일이 전격 계열의 힘이 깃든 화살을 연속해서 바닷속 그림자를 향해 쏘았다.

메이런은 돛대에 올라가서 바닷속으로 화살을 쏘았다.

선상에서는 민첩한 레인저의 특성을 발휘할 기회가 많지 않았지만, 어쨌든 지금은 원거리 공격이 필요한 시점이었다.

푸와아아아악!

번개의 힘이 깃든 화살이 바다 괴물의 몸통에 박혔다.

바다 괴물이 고통에 몸을 뒤틀 때마다 큰 파도가 일어난다.

괴물들은 화살 공격을 몇 차례 당하면서도 집요하게 쫓아왔다. 애초에 생명력이 높아 큰 피해를 입지도 않았다.

"속도는 가장 빠르게 유지!"

위드는 돛을 조정하고 속도가 늦춰지지 않도록 하는 데에 유령 선원들을 모두 투입했다.

바다 괴물의 숫자를 정확히 확인할 수 없지만 적게 잡아도 10마리 이상이었다.

로뮤나는 범위 마법 공격을 준비했다.

"스톰 라이트닝!"

바다 괴물들을 피해 달아날 때부터 오랫동안 주문을 외우고, 대량의 마나를 소모해서 만든 번개 마법!

유령선의 주위에 무작위로 벼락들이 떨어졌다.

바다 괴물들은 물속에 있었는데도 저릿저릿 몸을 떨었다. 벼락이 칠 때마다 데미지를 입고 있다는 증거였다.

쿠우우웅!

위드가 타고 있는 배에 첫 번째로 큰 충격이 가해졌다. 뒤쫓아 온 바다 괴물들의 공격이 개시되었다.

선체가 기우뚱 흔들거리면서 쌓여 있던 수통들이 미끄러져서 바다로 떨어지고, 배에 타고 있는 유령 선원들과 사람들은 균형을 잡기 위해서 뭐든 잡으며 아우성을 쳤다.

-선체의 내구도에 36의 피해를 입었습니다.

바다 괴물의 공격을 상대하기에 유령선은 너무 느리고 약했다.

유령선의 속도가 조금 느려지자, 선체로 휘감아 오르는 바다 괴물의 다리들!

흡착력이 강한 빨판이 달려 있어서 돛대나 갑판의 물체들을 휘감았다.

바다 괴물들이 달라붙으면서 배의 속도는 더욱 느려지고 있었다.

내구도가 다 떨어지면 배는 침몰하고 만다.

"모두 떼어 내요!"

수르카가 돛에까지 달라붙은 바다 괴물의 다리에 묵직한 주먹질을 가했다.

불길에 휩싸이는 바다 괴물의 다리.

수르카의 장갑이 특별한 것이기 때문이었다.

바다 괴물의 다리가 오징어처럼 꿈틀거리면서 고소한 냄새를 피워 올렸다.

이리엔도 급하게 동료들에게 방어력 증가와 축복을 거느라 정신이 없었다.

"속사!"

페일과 메이런은 궁수와 레인저의 기본 스킬을 이용해 돛에 올라가서 바다 괴물을 향해 집중적으로 사격했다.

다리로 유령선을 휘감느라 바다 괴물의 본체, 문어 같은 머리가 갑판의 바로 옆에 붙어 있었기 때문이다.

유령 선원들도 손도끼와 칼을 들고 바다 괴물의 다리들과 싸움을 벌였다.

제피가 그나마 여러 바다 괴물들의 동시 공격을 막는 혁혁한 공을 세웠다.

"바다 괴물의 미끼로는 아무래도 육지에서 나오는 신선한 고기지."

바다 괴물은 생선보다는 피가 뚝뚝 흐르는 육류를 훨씬 좋아한다.

미끼에 대해서 해박한 제피는 긴급한 상황에 낚싯대에 삼겹살을 끼워서 바다로 던졌다.

수백 미터나 길게 늘어뜨린 낚싯줄을 따라서 바다 괴물들이 몰려들었다.

그 덕에 유령선에 엉켜 있는 바다 괴물은 2마리밖에 되지 않았다.

쿠우우웅! 와자자작!

바다 괴물에 의해서 파괴되는 선체. 내구력이 급속히 감소하고 있었다.

배가 파괴되어 물에 빠지고 나면 바다 괴물의 손쉬운 먹잇감이 될 뿐이다.

위드는 주문을 외웠다.

"음침한 어둠이 내린 창, 암흑 속에서 탄생하여 적의 심장을 꿰뚫는 창이여, 이곳에 나타나라. 다크 스피어!"

오우거의 허벅지 굵기만 한 흑색의 창이 바다 괴물의 머리를 향해 쏘아졌다.

본 드래곤에게도 사용했던 강력한 마법. 리치로서 사용하는 마법은 위력이 몇 배나 상승되어 있었다.

바다 괴물이 갑판에 억지로 오르면서 유령선에는 물이 차오르던 중이었다.

경사진 언덕처럼 배가 기울어져 있던 와중에 바다 괴물의 이마에 다크 스피어가 작렬했다.

퀘에에엑!

알 수 없는 비명을 지르면서 유령선을 붙잡고 있던 10여 개의 다리와 함께 떨어져 나간 바다 괴물!

"와! 마법이다!"

위드가 마법을 쓰니 오히려 동료들이 놀라워했다.

대부분의 싸움을 무기를 들고 최전선에서 치르던 그가 마법을 사용하는 경우는 흔하지 않았던 것.

원거리 공격 스킬조차도 잘 활용하지 않았기에 크게 의외였지만 지금은 육체적인 능력이 약했다.

쿠우우우우웅!

―선체의 내구도에 21의 피해를 입었습니다.
보조 돛의 일부가 찢어졌습니다.

바다 괴물 1마리를 떨어뜨려 냈지만, 여전히 달라붙어 있는 녀석이 있다.

유령 선원들이 칼과 도끼를 휘두르고 페일과 메이런이 화살을 쏘았지만, 영악하게도 머리는 배의 밑부분에 숨긴 채였다.

바다 괴물의 생명력은 육지의 몬스터와 비교할 정도가 아니다.

"형님, 이대로라면 당합니다!"

제피가 급하게 소리 질렀다.

낚시 미끼로 다른 바다 괴물을 유인하는 데에도 한계가 있다.

놈들이 접근하는 것을 보고 낚싯대를 들어올린다. 미끼를 먹어 버리거나 낚싯줄을 물면 곤란하기 때문이다. 그러면 큰 상어처럼 생긴 바다 괴물이 수면 위로 솟구쳐서 미끼를 먹으려고 들었다.

바다 괴물들의 지능은 전반적으로 낮고 둔한 편이지만 자꾸 반복되면 속지 않는다.

"곤란하군. 콜 데스 나이트!"

반 호크의 소환.

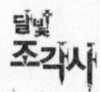

"불렀는가, 주인."

"바다 괴물과 싸워라."

"알았다."

데스 나이트는 나오자마자 검과 작은 도끼를 양손에 각각 들고 갑판을 뛰어다녔다.

데스 나이트의 암흑 스킬들은 바다 괴물의 다리를 그럭저럭 잘라 낼 수 있었다.

바다 괴물이 생명력 하락과 고통을 이기지 못하고 떨어져 나가면서 유령선에 가해지는 부담이 훨씬 줄어들기는 했지만, 다시 위기가 찾아왔다.

바다 괴물이 배를 심해로 끌어당기는 것을 포기하고는 다리를 휘두르며 공격을 가해 온 것이다.

바다에서 갑자기 튀어나온 다리들이 유령선 갑판 위를 휘젓는다.

이리엔과 로무나는 방어 마법을 펼치고, 돛에 있던 페일과 메이런도 다리에 걸리지 않으려고 안간힘을 다했다.

"다크 스피어!"

위드는 다시 공격 마법을 외우고 수면을 가만히 주시했다.

바닷속에 있는 괴물을 맞히기란 매우 어려운 상황.

갑판에 서서 다리가 튀어나오기만을 기다렸다.

촤아아아악.

물줄기를 퍼트리면서 튀어나온 다리가 리치의 가녀린 뼈

다귀를 휘감았다.

 위드의 몸이 갑판에서 가볍게 공중으로 떠올라서 바다로 향했다.

 "위드 님!"

 "위드 님이 괴물에게 끌려가고 있어요!"

 이를 발견한 메이런과 화령이 비명을 질렀다.

 붙잡고 있는 다리를 향해 화살과 마법 공격이 조준되었지만, 잠깐의 틈도 주지 않고 그대로 물속으로 들어가고 말았다.

 위드의 몸은 강한 흡착력을 가진 바다 괴물의 다리에 심하게 조여지고 있었다.

 육체적인 능력이 뛰어나던 오크 카리취일 때라도 순수하게 힘으로 풀어내기는 어려운 괴력!

 -마비 독이 시전되었습니다.
 언데드의 특성으로 마비 독이 활성화되지 못합니다.

 바닷속에서 발휘되는 괴물의 괴력은 엄청났다.

 수중에서 특별히 강한 괴물.

 물속이라서 위드는 더 넓게 살필 수 있었다.

 짧은 순간, 멀리 제피의 미끼로 인해 몰려들어 있는 바다 괴물 떼가 보였다.

 유령선보다도 큰 바다 괴물과 새끼 바다 괴물 들이 운집해

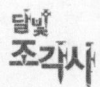

있는 소름 끼치는 광경!

당장 부근에만 하더라도, 위드를 다리로 칭칭 감고 있는 꼴뚜기처럼 생긴 바다 괴물과 다크 스피어에 한 번 적중당한 바다 괴물이 맴돌고 있다.

꼴뚜기 같은 바다 괴물은 위드를 보며 심하게 갈등하는 기색이었다.

'먹을까, 말까.'

상대가 언데드이다 보니 먹고 배탈이나 나지 않을지 걱정하는 듯했다.

육식을 즐기는 몬스터에게는 이런 장점도 있는 셈이었다.

'걱정하지 않게 해 주지.'

위드는 다크 스피어를 휘둘러서 몸을 감고 있는 다리를 끊어 내려고 시도했다. 하지만 강철처럼 단단하고 1등급 가죽처럼 질긴 다리는 상처만 생길 뿐 잘리지 않았다.

'다리는 바다 괴물의 공격 수단이자 가장 강한 부분이다. 이것을 자른다고 해도 의미가 없어.'

바다 괴물의 다리는 수십 개나 되었으니 애써 하나를 자른다고 해도 무의미했다.

'심장을 노린다. 바다 괴물의 심장은 머리에 있을 테지.'

위드는 여유를 가지고 기다렸다.

생명을 가진 인간이라면 물속이라 숨이 막혀 죽을 테지만 언데드라서 그런 걱정을 하지 않아도 되었기 때문이다.

바다 괴물의 다리에 조여져 생명력이 감소하고 있었지만 참을 만한 수준이었다.
위드는 왼손을 바다 괴물의 다리에 올렸다.
"라이프 드레인, 마나 드레인!"

-리치의 권능을 발휘합니다.
바다 괴물 오르테스의 생명력과 마나를 흡수합니다.
생명력이 369 회복되었습니다.
마나가 112 회복되었습니다.
생명력이 291 회복되었습니다…….

리치인 이상 버틸 만큼 버틸 수 있다.
물속이라서 움직임이 자유롭지는 않았지만 어쨌든 해볼 만한 셈이었다.
바다 괴물 오르테스도 더는 안 되겠는지, 마침내 주둥이를 크게 벌리고 위드를 끌어당겼다.
물에서도 익사하지 않고, 마비도 안 되고, 생명력까지 빨아들이니 배탈이 나는 것도 감수하고 먹어 치우려는 행동이었다.
뼈밖에 없어서 오독오독 씹어 먹을 수 있을 것이라 기대하고 머리부터 거꾸로 먹으려고 했다.
위드에게는 기다려 왔던 순간이었다.
오른손에 들고 있던 다크 스피어를 그대로 바다 괴물의 입속을 향해 던졌다.

―바다 괴물 오르테스의 약점을 공격하셨습니다.
 치명적인 일격이 터졌습니다!

 위드의 몸을 붙들고 있던 다리가 풀리고, 바다 괴물이 심해로 가라앉으려고 했다.
 '그대로 놔둘 수 없지.'
 과거에는 다크 스피어 한 번에 마나가 절반이나 소모되었지만, 이제는 마나의 양도 훨씬 늘어서 다른 마법도 얼마든 사용할 수 있다.
 "리버스 그래비티!"
 중력을 거꾸로 작용시키는 마법을 외우니, 바다 괴물이 오히려 위로 떠올랐다.
 "플라이!"
 하늘을 나는 마법까지 사용했다.
 그러자 수면으로 강제로 밀려나오는 바다 괴물!
 기다렸다는 듯이 로뮤나가 넓은 지역에 화염의 장벽을 치고, 페일과 메이런이 화살을 연속으로 쏘았다.
 피하지 못하는 이상, 덩치 큰 바다 괴물은 맞히기 편한 표적에 불과했다.

―바다 괴물 오르테스가 사망했습니다.

―경험치를 습득하셨습니다.

―수영 스킬의 숙련도가 상승했습니다.

상당히 힘든 전투였지만 이때만을 기다리고 있었다.
위드의 해골에 검붉은 광채가 깃들었다.
리치!
언데드 마법사의 진짜 위력이 발휘되는 순간.
한 손으로는 바르칸의 마법서를, 다른 한 손으로는 타락한 성자의 지팡이를 들었다.
"일어나라, 눈감지 못한 잠들지 않은 원혼들이여. 여기 살아 있는, 그리고 너희를 죽인 자들에게 복수하라! 데드 라이즈."
수중이라서 붕어처럼 뻐끔대며 겨우 마법을 외웠지만 위력은 막강했다.
위드의 몸에서 마나가 썰물처럼 빠져나갔다.
대형 바다 괴물을 언데드로 만드는 데에는 많은 양의 마나가 필요했기 때문이다.

―리치의 특성으로 인하여 네크로맨서 스킬의 위력이 30% 증가합니다.

금방 언데드가 되어 버린 바다 괴물은 다크 스피어를 맞고 공황 상태에 빠졌다가 다시 유령선을 공격하고 있던 동족에게 달라붙었다.
그러고는 강렬한 힘으로 조였다.

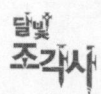

다른 바다 괴물은 여러 개의 다리를 심하게 버둥거렸지만 서로 엉켜서 좋은 표적이 될 뿐이었다.

 위드의 마법 공격과 유령선 위 동료들의 무차별 공격에 의해서 다른 1마리의 바다 괴물도 곧 잡을 수 있었다.

 '이번에는 2단계 네크로맨서 마법을…….'

 1단계는 살아 있을 때 본연의 힘도 다 쓰지 못하고, 또 신성력에도 매우 약한 등 취약한 부분들이 많다.

 "너희가 살아서 움직이던 땅으로 돌아오라. 이곳은 어두운 곳. 검고 부패한 땅. 영영 사라지지 않을 암흑의 율법을 모든 이들에게 새길 수 있도록 하라. 언데드 라이즈!"

 바다 괴물의 몸에서 살점들이 모두 분리되더니 뼈만 남아 활동을 개시한다.

 2마리의 바다 괴물이 다가오는 동족의 새끼들을 처리하고, 여러 마리로 늘어났다.

 바다 괴물들이 주로 공격을 막는 방패 역할을 하고, 위드는 그 옆에서 거머리처럼 달라붙었다.

 "라이프 드레인, 마나 드레인!"

 야비하다거나 비겁하다는 등 그 어떤 말로도 표현할 수 없는 행동!

 언데드를 이끌고 다니는 절망과 암흑의 군주인 리치로서의 위엄은 찾을 수 없다.

 환경에 따라서 완벽하게 적응하여 살아남는 게 위드의 목적이었다.

생명력과 마나를 끝없이 흡수하고, 바다 괴물들을 언데드로 늘렸다.

높은 생명력을 가진 언데드, 수계 마법을 발휘하는 언데드, 달라붙어서 적들을 잡아끄는 언데드. 종류도 다양했다.

-경험치를 습득하셨습니다.

-바다 괴물 오르테스가 적을 무력화시켰습니다.

-바다 괴물 새끼 7이 파괴되었습니다. 다시 데드 라이즈 마법을 사용할 경우 절반의 마나로 일으킬 수 있습니다.

-바다 괴물의 지느러미를 습득하였습니다.

매우 까다롭고 잡기 힘든 바다 괴물들이지만 네크로맨서 마법으로 인하여 훨씬 수월하게 사냥할 수 있었다.

경험치도 환상적이라고 할 만큼 잘 들어오고, 전리품도 마찬가지였다.

그런 식으로 언데드들이 늘어나게 되니, 나머지 바다 괴물들도 호락호락하지 않은 먹잇감이라고 생각했는지 일단은 물러갔다.

"휴우."

일행은 탈진해서 배에 주저앉았다.

"진짜 힘들다."

"생명력은 많이 안 떨어졌지만 무지 힘드네요."

어려운 던전 사냥도 많이 해 봤지만 흔들리는 배에서 이토록 긴박하게 싸운 적은 없으리라.

던전에서 사냥을 하다가 죽으면 다시 가서 아이템이라도 주울 수 있지만, 바다 한복판에서는 그것도 불가능한 일이었다.

선체의 내구도도 많이 떨어졌다.

다른 배들은 마리아스호가 습격을 당하는 것을 확인하고 멀리 돌아와서 피해를 받지 않을 수 있었다.

> -바다 괴물의 서식지 아멜라스 군도를 무사히 통과했습니다.
> 항해 스킬의 숙련도가 상승하셨습니다.
> 명성이 160 올랐습니다.

바다 괴물을 사냥하고 나서 얻은 많은 경험치!

레벨이 368인 위드조차도 14%나 되는 경험치를 받을 정도였다.

바다 괴물이 가지고 있던 아이템도 화려했다.

바다에서 나오는 보석류인 진주와 산호, 소화되지 않은 생선들의 지느러미, 거북의 등딱지, 먹을 수 있는 해초와 신선한 굴!

"선체에 손상만 가지 않더라도 바다를 돌면서 다 잡을 수 있을 텐데."

위드가 아쉬운 눈초리로 지나온 곳을 쳐다보았다.

사냥감만 있다면 지루함을 모른다. 바다 괴물도 도전해야 할 몬스터에 불과했으니까.

위드의 마나는 꾸준히 소모되고 있었다.

유령선의 바닥 밑에서 여전히 언데드 바다 괴물들이 따라오고 있었기 때문이다.

자잘한 생명체나 물고기들을 잡아먹을 때마다 약간씩의 경험치가 위드에게 돌아왔다.

―네크로맨서 스킬의 숙련도가 증가했습니다.

조각 변신술이 유지되는 동안에 한해서였지만, 네크로맨서 스킬도 올릴 수 있었다.

네크로맨서는 베르사 대륙을 통틀어서 굉장히 강력한 직업에 속했다.

부하로 부리는 언데드들의 개체 수만 늘어나면 통상적인 마법사를 능가하는 공격력과 저주 능력을 가진다. 고레벨의 네크로맨서라면 일인 군단이라고 해도 과언이 아닐 것이다.

하지만 반면에 약점도 가지고 있었는데, 스킬을 올리기가 쉽지는 않은 편이다.

스킬 레벨이 오를수록 더 강한 몬스터들을 언데드로 만들어야 했고, 때때로 다른 유저들의 사냥감이 되기도 한다.

혼자서 대단위 전투를 벌이는 네크로맨서라면 전리품도 많이 얻을 수 있는 데다 레벨도 상당히 높다고 봐야 한다.

그렇기 때문에 암살자나 살인자 들의 표적이 되기 쉬웠다.

네크로맨서들은 죽음과 어둠의 힘을 다루기 때문에 사망했을 때의 피해도 더욱 크다.

스킬의 숙련도 저하와 레벨 감소.

성직자들의 치료도 통하지 않으니 전투 시에 죽을 가능성도 높고, 다른 직업과의 상성도 별로 좋은 편이 아니다.

언데드를 유지하기 위한 마나 소모가 심해서 자주 명상을 하거나 앉아서 쉬어야 했다.

언데드들을 대규모로 부리기에 딱히 활약할 기회를 찾지 못하게 되어 버리는 전사들도 네크로맨서와의 파티를 피하는 편이다.

위험한 사냥터들을 혼자 다닐 때가 많은 고독한 직업이 네크로맨서였다.

사라진 해적 함대

아흐레를 더 항해하고 나서야 목적지인 크루거 항구 마을에 도착했다.

바다 괴물의 서식지를 세 번이나 더 지나오며 57마리를 사냥하는 과정에서 선체가 심하게 손상된 탓이었다.

장거리 이동으로 위드의 항해 스킬도 한 단계가 늘어서 초급 6레벨이 되었다.

"으와! 육지다."

수르카가 반갑다는 듯이 가장 먼저 선착장에 내렸다.

크루거는 아기자기하고 작은 항구였다. 그림처럼 지어진 집들과 상점들이 있었다.

> -크루거 항구를 최초로 발견하셨습니다.
> 해양 길드에 알리면 발견자로서 명성을 얻을 수 있습니다.
> 교역소의 물품들을 20% 할인된 가격에 구매할 수 있습니다.

위드는 먼저 술집부터 들어가서 정보를 모았다.

"니플하임 제국과 관련이 있는 사람이나 단체? 우리 섬에는 오랫동안 외지인이 오지 않아서 잘 모르겠군."

"정말 오랜만에 방문한 외부인이야. 경험 많은 선장이 아니고서야 크루거 항구에 대해서 모르거든."

크루거 항구에서는 생필품을 판매해서 돈을 벌고 바로 출항했다.

그리고 이틀 뒤, 르네이 항구에 도착했다.

크루거보다는 조금 큰 어선들도 있는 항구였다.

선술집에서 정보를 모으기 위해서는 술을 사 줘야 편하다.

선원들은 술을 한 잔씩 마시며 자신들이 알고 있는 이야기를 술술 풀어놓았다.

"뱃사람들은 자기 출신에 관해 이야기하는 것을 좋아하지 않소. 그런데 이름도 모른다고? 그럼 더더욱 찾기 힘들겠군."

"니플하임 출신의 뱃사람이라면 해적들 중에서 많겠지. 어부들이 폭풍 때문에 물고기를 잡지 못해서 해적으로 변했다는 이야기가 있거든. 우리는 어디 출신이냐고? 그건… 흐흐, 알면 신고하려고 그러지?"

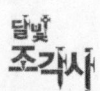

"폭풍? 왜인지는 모르지만 니플하임 제국이 몰락하면서부터 생긴 것 같은데……. 원래 그곳의 바다는 무척 잔잔했다고도 해."

확인되지 않은 소문들도 많았다.

"북동쪽 바다에는 몬스터들이 들끓는 섬이 있지. 상륙해서 식량을 구할 생각은 하지도 말게. 몬스터의 식량이 되어 버릴 거야."

"지느러미가 붉은 물고기를 봤나? 그놈의 고기는 연해서 먹기가 좋다더군."

"해적들이 주로 출몰하는 지역은 페로이안 만이야."

광활한 바다를 넘나드는 선원들은 허풍이 심했다. 확인을 위해서는 직접 가 보는 방법밖에 없었다.

그럼에도 조금쯤은 맞는 이야기들도 나오기에 참고할 만한 구석이 있었다.

위드가 레자드라는 아주 작은 항구에서 보급을 하고 있을 때였다. 선술집에서 술을 사 주었더니 늙은 어부가 고마워하며 마시고 나서 말했다.

"제독의 기질을 보이는 젊은이여, 아르메니아 해적단의 대장에 대해서 묻고 있는 것이오?"

"해적단에 대해서는 물어본 적이 없는데요."

"옛날에 내 할아버지에게 그 폭풍 치던 바다에 대해서 들은 적이 있소. 니플하임 제국이 몰락할 때 어느 한 남자가 그곳

의 바다에서 해적의 의식을 치르고 배를 탔지. 그 후에 해적
단의 단장이 되었다오. 대단한 마법사라는 소문이 있지."
 위드의 머리가 영활하게 돌아갔다.
 레자드는 폭풍이 치는 바다에서 가깝지만, 발견하기 어려
운 섬의 뒤쪽에 있는 항구였다.
 "아르메니아 해적단은 규모가 큽니까?"
 "북쪽 바다를 실질적으로 제패하던 세력이었지."
 "지금은요?"
 "수십 년 전부터 찾을 수 없게 되었소."
 위드는 일단 아르메니아 해적단의 뒤를 추적해 보는 수밖
에 없다고 여겼다.
 "어디로 갔는지도 알 수 없을까요?"
 "북쪽을 향해서 아주 오랫동안 항해를 하다 보면 밤하늘
에 오로라가 펼쳐지는데, 매우 뛰어난 선원들조차도 평생에
한 번 경험할까 말까 한다지. 그 오로라를 따라가면 대륙의
북부 지역에 도착하게 된다오."
 모라타도 북쪽이었고, 중앙 대륙을 기준으로 한다면 레자
드라는 항구도 북쪽에 있었다.
 그런데 얼마나 더 북쪽으로 가란 말인가.
 위드의 안색이 차갑고 파리하게 변했다. 설마 하며 떠오르
는 장소가 있었기 때문이다.
 '아닐 거야. 그곳만큼은 아니겠지. 절대 그럴 리가 없으니

까. 내 운이 아무리 더럽다고 해도 거긴 아닐 거야.'

어부의 말이 이어졌다.

"큰 땅이 숨을 쉬고, 차가운 바다를 뚫고 들어가야 되는 곳. 아르메니아 해적단은 지골라스 지역으로 갔다는 소문이 있소. 그들이 가지고 있던 보물도 모두 그곳에 잠들어 있다는 이야기를 할아버지로부터 들었지."

-퀘스트에 대한 정보를 입수하셨습니다.

퀘스트에 대한 단서 획득!

지골라스.

이름만으로도 무시무시한 장소였다.

대륙의 10대 금역 중 하나였는데, 일단은 맹렬한 추위가 있는 빙하 지대!

어디 그것뿐이겠는가.

화산들이 끊임없이 폭발하고 용암이 흘러내린다.

출현하는 몬스터의 레벨도 주로 500대에서 600대 사이였으니 들어가는 자체가 죽음을 각오하지 않고는 불가능한 일.

위드는 크게 깨달음을 얻었다.

"아! 드디어 퀘스트가 날 죽이는구나!"

죽음의 길로 성큼성큼 걸어가서 마침내 목적지에 도달하기 직전이라고 할 수 있었다.

이미 관까지 짜 맞춰 놓고 땅까지 파 놨으니 그냥 숨만 멈

추면 되는 상황!

"지골라스에 다녀왔던 우리 선조가 남긴 지도가 있는데, 그거라도 가져가시겠소?"

위드가 날카롭게 물었다.

"공짜입니까?"

"이제 와서 딱히 가지고 있어 봐야 쓸모도 없으니… 그냥 가져가시오."

어부는 집으로 들어가서 낡은 가죽 지도를 내왔다.

-지골라스로 향하는 해도를 획득하셨습니다.

-지골라스 지역의 '대충 그린 지도 #1'을 획득하셨습니다.

지골라스 지역은 베르사 대륙의 북부에서도 끝이라고 할 수 있었다.

위드가 지도를 보는 순간, 그 지역에 대한 영상이 흘러나왔다.

새하얀 얼음들이 얼어 있는 대지!

매머드나 대형 북극곰, 설인 들이 발자국을 남기면서 걸어 다닌다.

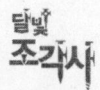

털이 긴 곰들이 얼어 죽어 있는 광경은 보기만 해도 섬뜩한 모습들!

과거 북부의 추위와도 비교할 수 없었다.

북부가 어린아이들이 아이스크림을 먹고 나서 춥다고 하는 정도라면, 여긴 그냥 냉동고였다.

사냥터라고 하기에도 비참한 수준. 보물이나 퀘스트를 위해서가 아니라면 절대 올 필요가 없는 곳이다.

10만 명의 병사들을 데려온다고 해도 9만 명 정도는 얼어서 죽고 8,000명 정도는 굶어서 죽으리라.

똑똑한 2,000명은 빙하 지대에 도착하기도 전에 알아서 도망칠 것이다.

하지만 지골라스 지역으로 넘어가면 춥지 않았다.

얼음도 거의 없고, 대기도 훈훈함이 느껴질 정도로 따뜻해 보인다.

큰 균열이 가서 땅이 갈라져 있는 지반에는 붉은빛이 비치고, 증기가 올라왔다.

콰아아아아아앙!

지골라스에 있는 산들은 수시로 용암을 분출하고 있었다.

혼돈의 전사, 괴인 이볼그, 네발로 기어 다니는 맹수 볼라드, 날개를 가진 테어벳.

그 외에 이름도 알 수 없는 극열대 몬스터들이 서식한다.

박쥐처럼 생겨서 가장 약체로 분류되는 테어벳의 레벨이

380 정도였는데, 만날 다른 몬스터에게 잡아먹히는 신세였다.
 꿈틀거리면서 용암을 분출하는 화산들의 중심에는 화염 거인들과 던전의 입구도 있었다.
 화산 지대 그리고 위험한 던전의 주변에는 빛나는 광석들이 많이 눈에 띄었다.
 미스릴이나 금은처럼 귀한 광물들을 비롯하여 보석 광맥들이 많았던 것이다.
 지골라스에는 희귀한 석재들도 바닥에 깔려 있다. 조각사에게는 반드시 가 볼 만한 장소였다.

 지금까지 가 본 적이 없는 위험한 대지에 강력하기 짝이 없는 몬스터.
 그렇다고 해서 여기서 퀘스트를 포기할 마음이 들지는 않았다.
 "실패부터 먼저 떠올렸다면 불사의 군단과도 싸울 수 없었지!"
 어떤 의뢰든 도전하지 않으면 성공하지도 못한다.
 어쨌든 비관적이기보다는 긍정적으로 생각하기로 했다.
 "그래도 감기에 걸려서 죽지는 않겠어. 몸이 불에 타서 죽는 게 백만 배는 더 낫지."

화염에 그슬리면 무기나 방어구의 내구력이 심각하게 낮아진다.

녹아 버리면 복구 불가능할 정도로 파괴되어 버리기도 하지만 대장장이 스킬이 있으니 어느 정도의 손상은 수리가 가능해서 괜찮았다.

"익숙하지 않은 바다보다는 육지라서 훨씬 버틸 만할 거야."

육지에서의 싸움이라면 조각 생명체도 부를 수 있다.

다만 먼 길을 돌아와야만 하겠지만!

"지금은 조각사가 아니라 리치니까 더 유리할 거야."

왠지 서글픈 장점이었다.

조각사는 전체적인 전력을 상승시키고 도시 발전에 엄청난 공헌을 할 수 있다.

다른 주민들과 유저들에게 힘을 줄 수 있는 직업이었다.

그에 비해서 네크로맨서는 시체와 마나만 있으면 싸울 수 있다.

조각품에 생명을 부여했을 때의 효과도 비슷하지만, 설혹 죽더라도 간단히 일으킬 수 있는 강화 좀비나 구울의 장점이 훨씬 큰 것이다.

네크로맨서는 현재까지 알려진 것 중에 전투력 자체는 최강의 직업이라고 할 수 있다.

마법사처럼 순간적인 범위 공격력이 넓은 것도 아니고,

검사나 기사처럼 스스로 발휘할 수 있는 무력이 뛰어나지도 않다. 하지만 언데드를 다루는 능력으로 일인 군단을 만들 수 있다는 면에서 다른 직업들과는 비교할 수 없는 장점이 있었다.

"고대의 방패는 안 쓰는 게 좋겠군."

총 방어력의 30% 정도를 차지하는 고대의 방패도 쓸 수 없다.

"어쨌든 최대한 버텨 보는 수밖에."

믿을 것은 바퀴벌레보다도 독한 생존력밖에 없었다.

리튼 왕국의 셸지움.

만돌은 아내와 함께 수천 평이나 되는 거대 저택에서 살고 있었다.

그들이 살고 있는 저택으로 사람이 찾아왔다.

"모라타에 조각품이 만들어져 있습니다. 옮기기가 곤란하니, 그쪽으로 방문을 해 주셨으면 한다는 전갈입니다."

베르사 대륙에서는 주소지만 알면 간단한 연락을 전해 주거나 물건을 배달해 주는 업체가 있다. 그곳을 통해서 위드의 전갈이 도착한 것이다.

만돌은 그때야 아내에게 의뢰를 맡겼다는 이야기를 했다.

"괜한 일을 하셨어요. 위드라는 조각사가 유명하다고는 해도 본 적도 없는 내 딸을 어떻게 조각하겠어요?"

"그게……."

"알았어요. 당신이 정 그렇게 말한다면 가 봐요."

만돌은 함께 여행이라도 하면서 아내에게 즐거움을 되찾아 주고 싶었다.

"함께 떠나는 여행은 오랜만이군요."

"좋은 것 많이 보고, 맛있는 것도 많이 먹읍시다."

"그래요."

둘은 먼 길을 여행하면서 사냥도 하고 음식도 만들어 먹었다.

지극 정성을 다하는 만돌의 모습에 아내인 델피나도 가끔 미소를 지었다.

"여기가 모라타군요."

덥수룩한 수염에 산적처럼 생긴 만돌과는 달리 그의 아내인 델피나는 날씬하고 귀여운 미인이었다.

"그때 왔을 때보다도 많이 발전했군. 새로 지어진 건물들도 많고."

만돌은 위드에게 의뢰를 맡길 때에 모라타에 온 적이 있다.

'그때는 건물들과 사람들이 이렇게 많지 않았는데. 크고 화려한 건물들이 상당히 많아졌군.'

이제 모라타를 다 둘러보려면 며칠로도 부족할 것 같았다.
만돌은 불안한 마음에 말했다.
"설혹 조각품이 실망스럽더라도 화를 내진 말아 주오."
"저는 괜찮아요. 여기까지 오면서 참 좋았는걸요."
만돌은 일부러 천천히 모라타로 오면서 델피나의 기분을 풀어 주기 위해서 노력했다.
1쿠퍼짜리 조각품!
'설마 싸구려로 형편없이 만들어 놓은 건 아니겠지.'
먼 길을 여행해서 왔는데 만들어진 조각품이 볼썽사나운 수준이라면 그는 물론이고 아내의 상심이 엄청날 것이다.
'그의 양심에 맡기는 수밖에. 하지만 그리 착해 보이거나 양심적인 인물은 아닌 것 같았는데 말이야.'
만돌이 계속 불안해하면서 아내와 함께 모라타의 성문을 지나려고 하는데, 그들을 마중 나와 있는 소녀가 있었다.
"혹시 만돌 님이세요?"
"그렇습니다만……."
귀엽고 예쁜 소녀였다.
프리나라는 이름을 가진 그녀는 위드에게 구원받은 이후로 여러 가지 일을 했다. 꽃도 팔고, 옷도 만들고, 킹 히드라, 이무기의 고기를 요리해서 팔 때는 식당 일까지 거들었다.
현재는 안내인의 임무까지 맡은 것이다.
"영주님께서는 지금 급한 일이 생겨서 다른 곳으로 가셨기 때문에 만나실 수 없어요."

만돌의 머릿속에 의심이 스쳐 지나갔다.

'정말 싸구려를 만들어 놓고 도망간 건가?'

프리나는 그들을 향해 계속 말했다.

"대신 제가 그곳으로 안내할게요."

"그곳?"

"조각품이 있는 장소예요."

하기야 아무 곳에나 던져 놓지는 않았으리라.

막 시작한 것 같은 초보자들이 도처에 보이고, 도시 전체에 활기가 넘친다. 그 밝고 명랑한 분위기에 끌린 만돌은 빨리 도시 여행이나 하고 싶었다.

새로운 퀘스트와 사냥터가 속속 발견되고 있고, 근처 호수와 산의 경치가 그만이었던 것이다.

만돌과 델피나는 프리나의 안내를 받아서, 모라타에서도 중심 지역으로 들어갔다.

물고기가 사는 연못과 넓은 정원이 딸린 초대형 건물이 있었다.

위드의 예술 회관

"이곳이에요."

"여기에 제가 이곳의 영주님에게 맡긴 조각…품이 있다

고요?"

만돌은 살짝 기가 질렸다.

예술 회관의 건물은 중앙 대륙 영주들의 별장보다도 크고 웅장하게 지어졌던 것이다.

"네, 여기서부터는 건축가 파보 님이 직접 안내해 주실 거예요."

파보도 미리 와서 기다리고 있었다.

"제가 이 예술 회관을 지은 파보라고 합니다."

"저는 만돌, 이쪽은 델피나입니다."

만돌은 그들보다 훨씬 나이가 많아 보이는 파보를 보며 정중하게 인사를 했다.

"저희보다 훨씬 어른이신 것 같은데 말씀을 편하게 하시지요. 그런데 대낮인데 예술 회관의 문이 왜 잠겨 있지요?"

"아직은 개관을 하지 않아서 그렇다네. 이제 문을 열 테니 편하게 보시게."

위드의 예술 회관의 첫 손님은 만돌과 델피나였다.

정식 개관은 그들 둘이 나오고 난 이후부터였던 것이다.

그들이 오기만을 기다리며 잠겨 있던 문이 활짝 열렸다.

레자드 항구에서 지골라스에 대한 정보를 얻고 나서 출항!

모콘 마을에 들러서 대장장이를 방문, 위드를 제외한 다른 사람들의 퀘스트를 하려고 했다.

모콘 마을로 가는 내내 위드는 별로 말이 없었다. 다만 한숨을 칠백 번 정도 쉬어 댔을 뿐이다.

"휴우. 후우. 에휴. 아후. 콜 데스 나이트!"

"불렀는가, 주인. 누구와 싸우면 되는가?"

데스 나이트 반 호크를 소환했다.

"나야."

"응?"

"나와 싸우자."

낚시를 하다 말고 무고한 데스 나이트를 소환해서 죽도록 패기를 수십 차례!

"그냥 전투 스킬 숙련도나 올리려고 하는 거니 조금도 신경 안 쓰셔도 됩니다. 아직도 고스톱 쳤던 일 가지고 뒤끝이 남았다거나 하는 거 절대 아니니까요."

그런데 모콘 마을의 대장장이도 퀘스트를 내놓았다.

"철광석이 많이 부족해서 필요한 물건들을 만들 수가 없군. 예전 모드레드 부근에 좋은 광산들이 많이 있었다는데, 그곳의 철광석을 구해 올 수 있겠는가? 무한정 기다릴 수는 없으니 늦어도 4달 안에는 구해 왔으면 해."

난이도 C급의 의뢰.

사람들은 당연히 퀘스트를 받아들였다. 어차피 모드레드

에서 명장의 가문 후예 퀘스트를 해야 되는 상황이기 때문이다.

그리고 다시 모콘 마을을 나와서 돛을 활짝 펼쳤다.

"지골라스 지역이라······."

베르사 대륙의 북부이기는 했지만, 극지방이었다.

대륙을 통해서 간다면 산맥과 큰 강을 지나야 했고, 마물이 넘치는 위험한 숲도 통과해야 한다. 바다로 가는 편이 훨씬 안전하다고는 할 수 있어도, 굉장히 먼 거리였다.

"더구나 폭풍이나 해류도 그리 좋지는 않다고 하니 갈 길이 만만치는 않겠군."

위드의 항해 스킬이나 유령선의 상태를 보면 썩 긍정적이지는 않았다.

여기에서 더 북쪽 바다에는 빙하들도 떠다닌다고 했으니 피하기가 정말 어려울 것이다.

"지골라스에 가기 전에 침몰할지도 모르겠어."

바다에 빠지면 그대로 얼어 죽을 수밖에 없는 처지였다.

유령선이 빠른 배는 아니었기에 닷새간 항해했음에도 북쪽으로 그리 많이 오지는 못했다. 역풍이나 해류의 영향을 심하게 받았고, 섬과 항구마다 들르면서 생필품들을 팔고 정보들을 모았기 때문이다.

"지골라스에 가다니 미친 인간이군."

나이 든 노파는 진지하게 물었다.

"죽으러 가는 건가?"

"……."

이틀이 더 지나고 나서 페일이 말했다.

"위드 님, 그런데 저희 퀘스트도 시간제한이 있어서요."

원래 모드레드로 가던 차에 위드의 퀘스트에 합류했다. 시간이 많이 지체되었으니 그들이 진행하던 퀘스트도 해야 했다.

"아니면 그냥 저희 퀘스트를 취소할까요? 지골라스 지역은 무지 위험할 텐데요. 저희가 필요할 겁니다."

페일의 호의에도 불구하고 위드는 마음 편히 받아들일 수 없었다.

배에서도 위드는 끊임없는 노가다로 스킬 숙련도를 올리고 있었다. 낚시, 조각술, 요리에 이르기까지 다양하게.

하지만 다른 사람들은 언제 도착할지도 모를 지골라스까지 경치나 구경하며 기다려야 한다.

더구나 지골라스까지 안전하게 도착할 수 있다고 장담할 수 있는 상황도 아니지 않은가!

그들에게 퀘스트까지 취소하라고 부탁할 수는 없었다.

"아닙니다. 지골라스는 제가 혼자서 찾아보겠습니다."

"저희가 빠지면 바다에서의 전투도 어려워질 텐데요."

"페일 님을 육지에 내려 드릴 때 조각 생명체들을 태우면 됩니다."

상대적으로 가벼운 금인이 정도는 태울 수 있다.

불사조나 빙룡, 와이번들은 지골라스까지 함께 갈 수 없으리라.

화령과 이리엔이 남겠다고 강력하게 주장했지만 위드는 받아들이지 않았다.

"모드레드의 퀘스트부터 하세요. 제 퀘스트는 혼자서도 충분하니까요. 미안해하실 필요 전혀 없습니다. 나중에 정 필요하면 유린이를 통해서 그림 이동술로 오시면 되니까요."

유린은 모라타에서 그림을 그리다가 이동술을 통해서 다시 합류한 뒤였다.

페일 일행은 그제야 납득했다.

모드레드의 퀘스트를 빨리 끝내고 위드에게 합류하면 될 테니까.

유령선은 육지를 향해서 전력 질주해서 동료들을 땅에 내려 주었다.

작별을 나눌 때, 위드가 말했다.

"화령 님, 제 돈 1,190골드를 따셨으니 행운이 함께할 겁니다. 이리엔 님은 810골드 헌금하지 마세요. 나중에 되찾아올 테니까."

"……."

"그리고 690골드를 따신 벨로트 님은 따로 부탁드릴 일이 있으니 유령선에 잠깐만 남아 주세요."

"네?"

"별로 큰일은 아니고, 며칠 후에 유린이를 통해서 다른 일행에게 보내 드리겠습니다."

"그래요?"

벨로트는 의아해하면서도 일단은 남기로 했다.

위드는 치사하고, 뒤끝이 끝없이 많고, 심하게 돈을 밝히는 남자였다. 하지만 추잡하다거나 비열한 욕망을 품고 있을 것 같진 않았다.

위드에 대해 상당히 냉정한 평가를 내리고 있는 벨로트였다.

원래부터 친하던 화령이 전혀 걱정하지 않는 것으로 봐서도 안심이 됐다.

동료들을 떠나보내고 나서 쓸쓸한 표정을 짓고 있는 해골 위드.

벨로트가 힐끗 시선을 보냈다.

'동료들과 헤어지고, 나중에 우리도 떠나면 유령 선원들과 고독한 항해를 해야겠구나. 왠지 좀 측은해 보이는걸.'

위드의 입이 턱뼈가 덜그렁하고 빠질 정도로 크게 벌어졌다.

"이제 보물은 내 독차지로구나!"

"……."

그리고 유령선으로 다가오는 조각 생명체들이 있었다.

음머어어어!
누렁이와 금인이, 와이번, 불사조, 빙룡!
"금인이는 배에 타라."
"알겠다, 주인."
"와이번들, 일단 너희도 타 봐."
유령선에 육중한 체중의 와이번들이 타니 갑판에 발을 디딜 곳이 마땅치 않았다.
무리해서 앉으려고 하면 돛대가 부러질 정도였다.
"와이번들은 내려."
와이번들이 날아서 유령선을 떠날 때였다.
성큼성큼 걸어오는, 유령선보다 5배는 거대한 빙룡!
빙룡은 염치도 없이 유령선에 타려고 했다. 발로 짓밟아서 파괴하려는 것으로 보일 정도였다.
"동작 그만!"
딱 유령선을 밟기 직전에 빙룡이 동작을 멈췄다.
"넌 그냥 타지 마."
위드의 말에 왠지 아쉽다는 듯이 돌아서는 빙룡이었다.

이현은 로열 로드의 홈페이지에 접속했다.
"숙련된 항해사가 필요해."

네리아해에서는 근처에 지나다니는 배들이 많아서 길을 잃어버릴 염려가 별로 없었다.

반면에 지골라스까지 가는 큰 바다에서는 현재의 위치도 모르고, 해류를 잘못 타 어디론가 쓸려 가기라도 하면 아득하기 짝이 없다.

방향을 조금만 잘못 잡아도 몇 날 며칠을 헤매야 될지도 모르고, 엉뚱한 곳으로 떨어질 수도 있었다.

"지골라스까지 정확하게 항해할 수 있는 사람이 필요한데……."

레벨이 높은 유령 선원들은 그저 전투를 어느 정도 할 뿐이었다. 돛을 조정하거나 키를 다루는 일에는 서툴기 그지없어서, 목적지로의 빠르고 정확한 항해는 불가능했다.

"유명한 선장이나 항해사라……."

이현은 로열 로드의 홈페이지에 있는 게시 글들을 검색해 보았다.

"어떤 단체나 길드에도 소속되어 있지 않으면 좋을 텐데."

그 와중에 눈에 띄는 게시 글을 발견했다.

제목 : 더러운 항해사 놈들!

플라네티스해에서 털렸습니다.

항해사를 고용했는데, 다른 선원들과 함께 하극상을 일으켜서 교역품도 모두 잃어버리고 배까지 뺏겼어요.

이름을 검색해 보니 완전 유명한 놈들이더군요.
헤인트, 프렉탈, 보드미르.
서로 친구인 것 같던데, 절대 고용하지 마세요.

다른 게시 글에도 그 이름이 있었다.

제목 : 플라네티스해의 칼 든 강도를 고발합니다.
높은 레벨을 가지고 있으면서 남의 배나 탈취하는 놈들입니다.
착한 척 접근하는데, 뛰어난 실력 때문에 고용했다가 배도 잃어버리고 완전히 손해 봤습니다.
절대 속지 마세요.
여자 무진장 밝히고, 성격 더러운 놈들입니다.
주요 근거지 베키닌.
모두 조심합시다.

이현은 항해사를 구할 수 없다면 노예로 잡은 해적이라도 써야 될 판이었다.
"일단 선원 계약만 하면 되겠군."
선원 계약이 이루어지면 그 사람의 신분은 배에 귀속된다.
즉, 배가 침몰하지 않는 한 죽어도 다시 배에서 되살아난다. 그렇기 때문에 선원의 삶과 죽음을 결정할 권리는 선장에게 있었다.

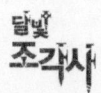

단, 선원들도 얼마든지 하극상을 일으켜서 선장을 제압하고 배를 탈취할 수도 있다.

바다에서는 무슨 일이든지 벌어질 수 있는 것!

베키닌은 플라네티스해의 섬에 있는 항구였다.

"일단 선원 계약만 하면 돼."

항구 도시 베키닌.

테베라는 작은 해상 공국에 속한 도시로서 조선업과 무역이 발달했다.

플라네티스해에서 네리아해로 들어가기 위해서는 필수적으로 거쳐야 하는 섬이었다.

근처에 좋은 사냥터가 있는 섬들이 많고, 동부에 있는 브렌튼 왕국까지도 해류를 타면 빠른 배로 네댓새밖에는 걸리지 않았다.

"헤헤, 여기 술 한 병 더 주세요."

단정한 가죽옷을 입은 벨로트가 혼자 선술집에서 술을 마시고 있었다.

발그레한 볼에 귀엽고 맑은 눈, 순진한 인상이라서 진작 남자들의 관심을 끌고 있었다.

'흠.'

'여자 혼자서 술이라…….'
'동료가 오기를 기다리고 있나?'
남자 유저들은 술을 마시면서 훔쳐보았다.
항구 근처의 선술집이라서 남자 뱃사람들의 비율이 압도적으로 높다.
벨로트가 홀짝홀짝 술을 마시는 걸 보며 조금씩 용기가 생길 때, 먼저 일어난 남자 셋이 있었다.
헤인트, 프렉탈, 보드미르.
베키닌에서는 질이 좋지 않기로 유명한 항해사들이었다.
술과 여자를 심하게 밝히고, 바다에서 선장을 배신하고 배를 탈취한 경력도 있었다.
살인자와 일반 유저 사이를 오가기 때문에 악명이 자자한 그들. '베키닌의 3마리 미친 상어'라는 별명도 가지고 있었다.
그들이 벨로트의 옆에 앉더니 가볍게 말을 걸었다.
말문을 트는 역할은 그중에 가장 나은 외모를 가지고 있는 헤인트가 맡았다.
"베키닌은 처음인가 봐요?"
"네, 친구들을 따라서 온 지 얼마 안 되었어요. 헤헤."
첫말을 어떻게 받아 주느냐가 중요하다.
헤인트는 나쁘지 않은 시작이라고 생각했다. 벨로트가 거부감 없이 선하게 웃어 보였기 때문이다.

"친구들은 어디에 있어요?"

"항구에서 기다리고 있어요."

친구들이 있더라도 헤인트는 물러설 이유가 없었다.

벨로트처럼 선하고 예쁜 인상을 가진 여자라면 누구나 사귀고 싶을 것이다.

"친구들이라면 남자?"

"로뮤나랑 수르카… 아! 그림으로 보실래요?"

"그림?"

"아는 동생이 화가거든요. 초상화를 한 장씩 그려 줬어요."

"꼭 보고 싶네요."

벨로트가 배낭에서 그림을 꺼냈다.

붉은 모자를 쓰고 있는 발랄한 여자 마법사와 깜찍한 외모의 권사 그리고 눈이 휘둥그레질 정도로 매력적인 댄서 등.

'대박이다.'

프렉탈과 보드미르는 꿀꺽 침을 삼켰다.

벨로트만 꼬일 수 있어도 굉장한 일이었다. 그런데 미녀 군단이라고 해도 과언이 아닐 정도의 친구들까지 있지 않은가.

헤인트의 미소가 더욱 짙어졌다.

"그런데 그림에 왜 항해사인 동료는 없나요?"

"친구들 중에는 항해사가 1명도 없어서요."

"다른 사람의 배나 여객선을 타고 왔겠군요."

"아뇨. 친구가 장만한 배를 같이 타고 왔어요. 초보 선장이거든요."

"저런! 그럼 여기까지 오기가 힘들었겠군요."

베키닌 주변의 해류는 변화가 심해서, 솜씨 있는 항해사가 아니라면 꽤나 난처한 상황에 접하기 일쑤다.

"사실 많이 힘들었어요. 여기까지 오는 데 사흘도 더 걸렸거든요."

"저런, 그랬군요. 솜씨 있는 항해사들이 도와주었으면 편했을 텐데……."

헤인트가 슬쩍 눈짓을 주었다. 그러자 짜인 수순처럼 프렉탈이 다음 질문을 했다.

"바다가 참 아름답지요?"

"네, 정말 예뻐요. 구름이 흘러가고, 밤에는 별들이 떠 있고… 바다 위로 뛰어오르는 물고기들이며 돌고래들을 보면서 다니는 게 정말 행복해요."

헤인트가 다시 벨로트를 향해 그윽한 시선을 보내며 말을 받았다.

"바다란 참 멋진 곳이죠. 항해는 계속하실 겁니까? 그러면 저희가 조금 도와 드릴 수 있을 것 같은데……."

"정말요?"

"베키닌 주변의 좋은 경치들은 우리가 모두 꿰고 있죠. 배에서 경치를 보면서 마실 술도 몇 병 가지고 있습니다."

"정말 가고 싶은 곳이 있긴 한데요…….."

하지만 벨로트는 갑자기 죄책감을 느끼는 표정을 지었다. 정말 해서는 안 될 일을 하는 것처럼 굳어진 얼굴이다.

헤인트는 이것을 다르게 해석했다.

'도와주겠다니 미안하게 여기는 건가? 착한 아가씨로군.'

벨로트를 비롯해서 이런 미녀들이 여행을 하고 있는데 약간의 고생이 대수겠는가. 기회가 생긴다면 함께하고 싶은 게 세 남자의 마음이었다.

"뭐가 문제인데요? 혹시 돈이 부족하거나 하는 거라면 걱정하지 않으셔도 됩니다."

"솔직히 선원과 항해사가 필요해서 구하러 나온 건데, 차마 염치가 없어서 부탁을 드리지 못하고 있었거든요. 정말 도와주실 거예요?"

"물론이지요. 그런 일이 있었다면 진작 말씀하시지 그랬습니까."

보드미르도 갑자기 끼어들었다. 다른 2명의 친구들만 벨로트와 대화를 나누자 질투를 느낀 것이다.

"그럼 항해 계약을 하시겠어요?"

"혹시 배도 가지고 있으십니까?"

"친구 소유인데, 좀 오래된 중형 범선이에요."

"오호, 그랬군요."

세 남자들의 눈빛이 의미심장하게 마주쳤다.

벨로트나 그녀의 친구들과 친해질 수 있다면 더없이 좋다. 하지만 그녀들과 잘될 기미가 보이지 않는다면 바다 한복판에서 배를 빼앗을 수도 있다.

벨로트나 다른 여자들을 죽이고 배와 아이템까지 획득할 수 있는 기회.

'좋군.'

'기가 막힌 기회야.'

세 남자는 조급해져서 말했다.

"항해 계약부터 하죠."

"일당은 얼마로 할까요?"

모든 게 그들의 것이라고 생각했으니 굳이 많이 달라고 할 필요도 없었다.

"하루에 5골드 정도면 족합니다. 아니, 뭐 그것도 안 받아도 상관없습니다."

미녀들과 여행도 하고 배도 빼앗을 기회인데, 얼마 안 되는 항해 수당 정도야 대수롭지 않았다.

"정말 잘됐네요. 제가 임시 부선장으로 항해 계약을 할 수 있어요."

벨로트가 미리 준비해 놓은 서류를 꺼냈다.

띠링!

-벨로트가 선장을 대신하여 마리아스호의 항해 계약을 제의합니다.

> **직함** : 선원과 항해사.
> **수당** : 하루 1골드.
> **계약 기간** : 목적지에 도착할 때까지.
> 베키닌 해양 조합이 이 계약을 보증함.
> 선장의 명령을 거부하거나 배에서 무단이탈하게 되면 선원 자격을 박탈함.

수당이 1골드밖에 되지 않았다. 그래도 빈말이지만 무료 봉사라도 하겠다고 한 마당에 따지고 든다면 쫀쫀한 남자밖에는 되지 않으리라.

헤인트, 프렉탈, 보드미르는 기꺼이 계약서에 서명을 함으로써 불합리한 항해 계약을 체결했다.

베키닌 해양 조합의 보증 아래에 항해 계약이 이루어지면 배에서 떠날 수 없게 된다. 무단으로 배를 이탈하면 베키닌 해양 조합에 의해 선원 증명이 취소되어서, 다른 배에 고용될 수 없다. 그들 소유의 배는 항구에 정식 입항할 수도 없게 되고, 항해 일감을 구하기 힘들어지는 것이다.

세 남자는 쫓기기라도 하듯이 급하게 자리에서 일어났다.

"그럼 배를 보러 갈까요?"

"네."

벨로트와 함께 항구로 가면서 장밋빛 상상들을 이어 나간다.

하지만 정작 항구에 도착해서는 약간 당황스러웠다.

수리한 흔적들이 역력하지만, 중형 범선은 아직도 손상이 심했던 것이다.

헤인트가 어처구니없어하면서 물었다.

"설마 이 배를 타고 오셨나요?"

"네. 무슨 문제라도 있나요?"

"아니요, 아무것도. 그냥 아가씨들과는 어울리지 않는 것 같아서 말입니다."

너무 오래되어 가격은 많이 나갈 것 같지 않지만, 어쨌든 중형 범선이다.

"먼저 올라가시겠어요? 저는 조금 있다가 갈게요."

"알겠습니다. 배에서 기다리고 있지요."

그들은 기쁜 마음으로 사다리를 통해서 갑판 위로 올라갔다.

'이제 우리 세상이다.'

'예쁜 여자들과 바다 여행이라…… 꿈에 그리던 일이 이루어지겠구나.'

그리고 이어진 당혹과 충격, 절망!

갑판에서는 세 남자의 하얗게 질린 표정을 볼 수 있었다.

그들이 탄 것은 유령선, 그것도 유령 선원들이 걸어 다니고 있는 배였던 것이다.

막연히 여자들끼리만의 여행은 아닐 수 있다고 생각했지

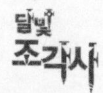

만, 이것은 상상치도 못한 재난이었다.

"저기, 이 배가 마리아스호가 아닌 거죠? 저희는 벨로트 님의 배를 탔는데요."

더듬더듬 헤인트가 물어보자 유령 선원들은 기꺼운 태도로 대답해 주었다.

"쿠히히히힛, 이 배가 마리아스다."

"바다의 저주, 재앙, 마리아스호다!"

"그게 무슨 말… 설마 우리가 속았나?"

서둘러서 항해 계약을 하다 보니 묻지 않은 게 많았다.

"저기, 이 배는 어디로 가죠?"

"지골라스 지역으로 간다. 키히힛."

"지골라스 지역? 어디선가 들어 본 이름인데… 아! 설마 그 지골라스 지역?"

들어가는 일 자체만으로도 목숨을 내놓아야 한다는, 10대 금역으로 분류되어 있는 지골라스!

항해사로서 이름은 들어서 알고 있었다.

"맞다. 우리는 지골라스로 간다. 무서워? 키히히힛, 죽으면 너희도 우리처럼 될 거다."

"축복! 축복! 영원히 이 배에 남는 선원이 되어라."

유령 선원들을 보며 헤인트의 얼굴이 일그러졌다.

어쨌든 항해 계약은 이루어졌으니 도중에 취소할 수 없다. 무단으로 배를 이탈하면 결국 항구에서 일을 찾을 수가 없게 되니 받아야 할 불이익이 너무 막대했다.
 프렉탈이 작게 속삭였다.
 "문제없어. 선장만 죽이면 돼."
 선장을 죽이고 항해 계약을 맺은 서류를 탈취하기만 하면 된다. 그러면 베키닌 해양 조합에서 문제 삼을 일도 없다.
 "늘 하던 대로 선장을 죽이고 이 배나 빼앗자."
 "오래된 고물선이기는 하지만… 그래도 그럭저럭 가격은 받을 수 있을 거야."
 헤인트가 다시 희망을 갖고 물었다.
 "이 배의 선장님은 어디에 있습니까?"
 "어흐흐흑, 우리의 선장, 무서운 선장, 낚시하고 있다."
 "어딘데요?"
 "앞쪽으로 가 봐라."
 세 항해사는 칼을 뽑아 든 채로 기세등등하게 이동했다. 당장에 선장을 베어 버리고 배를 팔아 버릴 작정이었다.
 하지만 선장을 보는 순간 세 사람의 얼굴은 하얗게 질렸다.
 몸이 해골로 이루어진 리치, 위드가 낚시를 하고 있었던 것이다.

데론해의 오로라

"위드가 퀘스트를 위해서 이동한 것 같습니다."
"황금으로 된 새를 따라갔습니다."
모라타에 있는 염탐꾼들은 소속 영지와 길드에 보고했다.
북부에 있는 길드나 영주 들은 물론이고, 중앙 대륙이나 서부 대륙에서도 염탐꾼을 한둘씩은 보내 놓았다.
위드의 동향에 대해 상당히 의식하고 있다는 증거였다.
각 방송사들과 해외 방송국들도 모라타에 정보원을 심어 놓고 실시간으로 살피고 있었다.
"S급 난이도의 두 번째 퀘스트인가?"
"드디어 진행하는 것 같군."
베르사 대륙에서 유일하게 S급 퀘스트를 진행하고 있는

위드였다.

B급이나 A급만 되더라도 대륙 전체에 일정한 영향을 미치게 된다. 한발 더 나아가 S급 난이도라면 매우 큰 변화를 가져오게 되리라.

1단계 퀘스트만 하더라도, 마탈로스트 교단이 재건되었고 비밀의 무리였던 엠비뉴 교단의 지파 중의 하나가 괴멸됐다.

"북부에서 진행될 수 있는 S급 난이도의 퀘스트라면… 베르사 대륙에 그만큼의 파급효과를 미칠 만한 일은 많지 않을 텐데."

"역사서에 나오는 성검의 획득? 최고급 화염 마법이 내재되어 있는 검이나 방어구를 얻을 수도 있지 않을까?"

"북부에는 아직 국가가 없으니 나라를 세우는 퀘스트가 나올 수도 있지."

여러 추측이 오가고 있었지만 위드가 퀘스트를 성공하기만 한다면 다시금 세간의 이목을 집중시킬 것을 누구나 짐작할 수 있었다.

S급 난이도 퀘스트를 완수한 최초의 유저라는 명예와 영광은 모든 유저들이 노리고 있었다.

방송사들끼리의 물밑 경쟁도 치열하게 벌어지고 있었다.

S급 난이도의 1단계 퀘스트는 규모 면에서 볼 때 어떤 전쟁 못지않게 거대했다. 킹 히드라, 이무기, 바르칸처럼 보통의 유저들은 찾기도 어려운 몬스터들이 대대적인 격전을 벌

였다.

 바르칸의 대활약에, 네크로맨서로 전직하는 마법사들이 다시 대거 발생할 정도였다.

 하지만 방송국들은 위드가 연속해서 성공할 수 있으리라 기대하지 않았다.

 1단계 퀘스트는 마탈로스트 교단의 성물들을 최대한 활용했고, 운도 많이 따라 주었다.

 퀘스트의 성질상 단계가 올라갈수록 더욱 어려워질 것이다.

 물론 실패하더라도 시청률은 따 놓은 것이나 다름없으니 그저 방송을 준비하고 있는 정도였다.

"해안가에서 사라졌다라……."

 바드레이도 보고를 받았다.

 헤르메스 길드에서도 위드를 집중 감시 대상으로 분류해 놓고 있었다. 굳이 바드레이의 지시가 아니더라도, 장로회의 결정에 의해 길드 차원에서 공식적으로 결정된 사안이다.

 그가 베르사 대륙에서 50명도 안 되는 집중 감시 대상에 포함되었다는 사실만으로도 바드레이는 기분이 썩 좋지 않았다.

 ─바다라면 무슨 퀘스트일까?

 바드레이가 염탐꾼에게 귓속말로 물었다.

 헤르메스 길드에서 파견한 염탐꾼은 꽤 고레벨로, 와이번을 타고 가는 위드를 뒤쫓았다. 물론 도중에 뒤처지고 말았지만 위드가 일직선으로 움직인 덕분에 해안가까지 따라갈 수 있었다.

-어떤 퀘스트인지는 정보가 부족해서 알 수 없었습니다.

-그곳에서 추격이 끊어졌다면, 와이번을 타고 계속 이동한 건가?

-와이번을 타고 바다로 간 것은 아닌 듯합니다. 와이번들은 이 근처에서 사냥을 하고 있고, 해변에서 배의 흔적도 발견했습니다.

-배를 타고 바다로 갔다고?

-흔적이 남아 있습니다.

-배의 크기는?

-작은 나무배 정도로 보이는데, 깊은 물에서 큰 배로 갈아탔는지 여부에 대해서는 확신할 수 없습니다.

-바다로 나간 건 틀림없겠지?

-저뿐만 아니라 다른 길드에서 보낸 염탐꾼들도 여기서 흔적을 찾고 있습니다. 그리고 모라타에서부터 수백 명의 유저들이 합류한 발자국도 찾아냈습니다. 발자국을 보면 장비의 특성이나 직업에 대해서도 알아볼 수 있는데, 몇 명을 제외하면 모두 같은 직업을 가지고 있습니다. 모라타 전쟁에서 꽤 활약했던, 위드의 최측근들로 보입니다.

-알았다. 다른 보고 사항이 생기면 가장 먼저 알리도록.

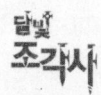

-알겠습니다.

바드레이의 이마가 살짝 찌푸려졌다.

위드의 퀘스트가 그의 신경을 거스르고 있다는 사실을 부인할 수 없었다.

만의 하나라도 S급 난이도 퀘스트를 성공시켰을 때에는 모든 찬사가 위드에게 향하리라.

'그냥 죽여 버려?'

바드레이의 마음이 흔들렸다.

베르사 대륙에서 그의 직업과 레벨, 장비를 따라올 유저는 없다.

위드가 본 드래곤 등을 사냥하며 보여 준 전투 능력도 놀랄 만한 수준이기는 했지만, 바드레이에게 견줄 정도는 아니었다.

바드레이는 성직자나 마법사 몇 명의 도움만 받으면서도 비슷한 레벨의 몬스터들을 사냥해 왔던 것이다.

레벨 400에서의 3차 전직을 마치고 고급 수련관까지 통과한 그였다.

가상현실에서의 전투에도 익숙해져서, 어떤 방식으로든 몬스터들을 사냥하는 데 장애가 없다.

몸을 움직이는 부분에서 약간 부족하더라도 스킬이나 장비, 레벨이 있기 때문에 격차가 좁혀질 리가 없다.

바드레이도 많은 전장에서 상대를 굴복시키면서 헤르메스

길드의 총수라는 자리까지 오른 것이다.

 그가 발견한 검술의 비기 2~3개만 보여 주더라도 위드는 죽은 목숨이었다.

 "하지만 지금은 중요한 시기야. 패권 동맹을 발동시켜서 하벤 왕국의 완전한 지배권을 획득하기 전까지는 자리를 비우기가 어려워."

 아직은 진정한 절망을 맛보여 줄 때가 아니다.

 복수는 베르사 대륙을 독차지하고 위드를 몰아내는 것으로 이루어진다.

 하지만 위드가 연속된 퀘스트 성공과 진행으로 상당히 고평가되고 있다는 점 때문에 기분이 좋지 않았다.

 "칼라모르의 기사들도 어떤 퀘스트를 진행하면서 썼을 텐데, 여러 번 사용할 수는 없는 거겠지. 모라타의 유저들이 나서 주기는 했지만 그것도 자신의 힘으로 이긴 건 아닐 테고."

 일부 유저들이 위드와 자신을 같은 반열에 놓고 견주는 자체가 심하게 불쾌했다.

 레벨이나 장비, 세력, 어떤 것으로 봐도 비교가 불가능했다.

 바드레이는 귓속말을 보냈다.

 -해군 제독 드린펠트.

 -예, 총수님.

 헤르메스 길드의 해군 제독!

 공식적으로는 하벤 왕국 제2함대의 함장을 맡고 있는 드

린펠트였다.

-해 줘야 할 일이 있다.

-분부만 내리십시오.

-함대를 출항시켜서 북부로 가라. 목표는 위드다.

-척살령입니까?

-아니다. 한두 번 죽여 버릇을 고쳐 놓는 정도로만 해 둬.

-알겠습니다.

위드가 배를 타고 바다로 나갔다면, 드린펠트를 시켜서 격침시킬 작정이었다.

바드레이는 명령을 내리고 나서 다시 생각했다.

'조금 부족할지도 모르겠군.'

바다는 굉장히 넓다. 드린펠트가 추격을 하더라도 위드를 언제 잡을 수 있을지 모른다.

바드레이는 헤르메스 길드의 대외적인 길드장 라페이에게 편지를 쓰도록 했다. 바다의 가장 넓은 지역을 차지하고 있는 해적 그리피스에게 보내는 제안이었다.

"전쟁의 신 위드가 바다에 있을 때 죽여 달라라……."

그리피스는 헤르메스 길드에서 보낸 편지를 읽었다.

대륙의 각 왕국에서 그에 대한 수배령을 내렸을 정도지만, 바다에서 그리피스의 권력은 막대했다.

직속 해적단만도 400여 척의 배들을 가지고 있었고, 중소

해적단들도 간접적인 영향권 아래에 두고 있다.

바다에서의 물자 수송을 위해서는 상인들도 그리피스에게 상납을 하지 않을 수 없는 처지였다.

해적단의 부단장 콜룸이 물었다.

"뭘 주기로 했는데 고민을 하십니까?"

"나쁜 거래는 아니야."

헤르메스 길드에서는, 위드를 세 번 죽일 경우 구할 수 있는 어떤 장비라도 제공하겠다는 의사를 표시했다. 방송에 나온 바드레이가 착용하고 있던 장비라도 주겠다는 것이다.

"정말이라면 보상이 굉장히 후한 편입니다."

"헤르메스 길드에서 거짓 의뢰를 하진 않겠지. 하지만 진짜 바드레이의 장비는 아닐 거야. 정말 자신이 쓰는 최고의 장비는 방송에서 내보내지 않고 비밀로 유지하고 있을 테니까."

"그럼 안 하실 겁니까?"

"아니, 당연히 해야지. 이런 기회가 흔하게 오는 것은 아니니까."

그리피스가 씩 웃었다.

헤르메스 길드만이 아니라, 중앙 대륙의 다른 명문 길드와 영주들도 같은 의뢰를 해 왔던 것이다.

유령 함대의 항해 속도는 상당히 빨라졌다.

숙련된 항해사들이 돛을 조정하고, 해류를 탔기 때문이다.

헤인트를 비롯한 세 항해사는 배에 탑승하고 나서 불안과 기대가 교차했다.

유령선을 조종하는 진귀한 경험, 유령 선원들과 같이 일을 하게 된 것이다.

항해사로서는 항구의 술집에 풀어놓을 이야깃거리가 커진 셈이었다.

하지만 지골라스 지역으로 가는 건 악어의 입속에 소금을 뿌리고 들어가는 것과 같았다.

"저기, 제가 다른 사냥터를 알고 있습니다."

"더 좋은 경치를 구경시켜 드릴까요?"

헤인트와 보드미르의 제안에도 불구하고 낚시만 하고 있는 위드!

유령선의 선장 더럴이라고만 알려져 있기 때문에 아직 그가 위드인 것은 알지 못했다.

음머어어어.

누렁이가 갑판에 배를 깔고 누워 있고, 금인이도 모자를 쓰고 따라서 낚시를 한다.

"대체 어디서 갑자기 리치가 나타난 거야?"

"고레벨은 고레벨일 텐데……. 젠장, 완전히 고약하게 걸렸군."

항명은 엄두도 낼 수 없었다.

리치는 기습으로 쉽게 죽일 수 있는 부류가 아니다. 해저에서 따라오는 언데드 바다 괴물들만 보더라도 기가 질릴 지경이었다.

"리치로 전직이 가능했던가?"

"몰라. 베르사 대륙에 고레벨 유저가 한둘도 아니고, 완전히 재수가 없는 거지."

헤인트와 보드미르가 불만스럽게 구시렁거리고 있을 때였다.

"좌현 전타! 암초들 대량 발견이다."

프렉탈이 전방을 감시하다가 암초를 발견하고 소리를 질렀다.

좌르르르륵.

헤인트가 급하게 키를 왼쪽으로 돌렸다.

배가 휘청거릴 정도로 흔들리고, 암초들을 아슬아슬하게 비껴 나갔다.

베키닌에서 다른 유령선들은 해방시켜 버린 이후라서 따로 따라오는 배는 없었다.

"휴, 이것도 굉장한 경험인데?"

"그래, 내 항해 스킬도 엄청나게 오르고 있어."

헤인트와 보드미르로서는 놀라운 일이었다. 위드가 표시한 항해 경로대로 움직였더니 스킬 숙련도와 경험치가 마구 쌓이고 있었기 때문이다.

바다에는 던전이 따로 필요하지 않다.

항해사들에게는 항해 경로 자체가 던전을 신규로 발견한 것 같은 숙련도와 경험치, 명성을 안겨 주었다.

지골라스로 향하는 항해 경로대로 따라가니 쌓이는 숙련도는 일찍이 그들이 상상도 못 해 봤던 수준!

"이 항해, 따라오기 잘한 것 같은데?"

"그러게. 유령선이라서 경험치가 더 잘 오르는 것 같기도 하고 말이야."

"일단 충실히 명령을 따르는 척하면서……. 어차피 배를 몰 수 있는 건 우리뿐이니 말이야."

"음, 배를 탈취할 기회가 틀림없이 있을 거야. 무인도에 정박한다거나 했을 때 배에 남아 있다가 몰고 가 버리면 되지. 유령선의 선장! 크흐흐흐."

세 남자들이 은밀한 대화를 나누었다.

하지만 그들의 행동을 뻔히 보고 있던 누렁이는 불쌍하다는 표정을 지을 수밖에 없었다.

감히 위드를 상대로 더럽고 야비한 음모를 세우다니!

음머어어어어.

'주인이 얼마나 쫀쫀하고 치사하고 비겁한 부분에 정통해

있는데!'

 세계적인 도박꾼에게 꼬마 아이들이 맞고를 치자고 하는 격이었다.

 게다가 위드는 코 묻은 돈까지 가리지 않고 뺏어 갈 인물이 아니던가.

 음흉한 속내야 어떻든, 보드미르의 계산은 어긋나는 경우가 없어서 꽤 빠른 속도로 북쪽으로 항해했다.

 돛을 활짝 펼치더라도 역풍으로 인하여 최대 속도는 나지 않는다. 하지만 해류를 이용하고 있는 유령선은 바다를 꽤나 빠르게 가로지르고 있었다.

 헤인트가 낚시를 하고 있는 위드에게 와서 조심스럽게 불렀다.

"선장님, 말씀드릴 게 있습니다."

"음."

 위드는 묵묵히 낚시만 했다.

 낚시 스킬이 이제 중급 5레벨이 되고도 숙련도가 35%나 쌓였다. 손재주도 3% 정도는 늘었다.

 최대 생명력을 늘리는 데에는 낚시만 한 스킬이 없었다.

"이제 하루 반 정도만 가면 해도의 삼분의 일 정도는 지나는 셈이 됩니다. 예상했던 것보다도 이틀이나 빨리 가게 되는 거죠."

"흐음!"

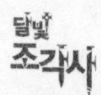

위드도 무난한 항해에 대해서는 칭찬해 주고 싶었다.

지골라스로 가는 정확한 해도가 있다고는 해도, 세 항해사들의 실력이 없었더라면 꽤 고전을 했으리라. 인간성은 별로지만 실력은 어느 정도 인정해 줄 만했다.

위드는 어쨌든 고용주였다.

"계속 고생하게. 돌아올 때 보수는 넉넉하게 주지."

"알겠습니다."

헤인트는 넙죽 인사를 하고 물러났다.

이렇게 먼 거리를 항해하면서 하루에 1골드만 받는다는 건 있을 수 없는 일이다. 그 점을 은근히 표시한 것인데 위드가 먼저 알고 있다는 듯이 받아 준 것이다.

위드는 생각했다.

'이틀을 단축했으니 수고비로 1골드 정도는 더 줘야겠군.'

목적지인 지골라스까지 절반 정도 남았을 때부터는 파도가 심하게 거칠어졌다.

6미터, 7미터가 넘는 파도가 넘실거릴 때마다 유령선이 위로 솟구쳤다가 아래로 떨어지기를 반복했다.

"안 넘어지려면 뭐라도 잡아야겠다. 우히힛."

"이야앗! 살려 줘!"

유령 선원들이 갑판에서 미끄러지다가 바다로 내동댕이쳐졌다. 하지만 금방 원래 맡은바 임무 지역에서 다시 등장했다.

진짜 선원이었다면 영락없이 죽었거나 구출하기가 상당히 어려웠으리라.

해류의 변화도 심했다. 바다 한복판에 큰 소용돌이가 있어서 빨려들면 대형 범선조차도 산산조각이 난다.

"오른쪽으로! 크게 돌아라!"

소용돌이를 피하기 위해서는 정신을 놓을 수가 없었다.

거센 바다의 흐름을 타고 유령선이 절묘하게 기우뚱거리면서 북쪽으로 항해를 한다.

사흘을 더 이동했을 때에는 소용돌이가 치는 지역을 벗어날 수 있었다.

위드는 그때까지도 계속 낚시를 했다.

북쪽으로 갈수록 희귀한 보라색 어종의 물고기들이 잡히는데, 숙련도를 제법 많이 준다.

더구나 선장으로서 돛을 조정하는 일들을 도와주며 항해 스킬도 올리고 있었다.

"이제 얼마나 남았지?"

위드의 물음에 녹초가 되어 있던 보드미르가 대답했다.

"한 6할은 왔습니다."

"조금만 더 가면 도착하겠군."

"……."

"수고하게!"

짧은 거리도 아니고, 먼바다에서는 바다에 적응하는 수밖에 없다.

항해 스킬과 스스로를 믿고 배와 일체가 되어서 파도를 헤치고 나아가는 것.

힘과 용기, 도전 정신이 있어야 버틸 수 있는 험한 바다였다.

다행히 그 후로는 역풍도 불지 않고 파도도 원만해져서 이틀 정도 순탄한 항해가 이어졌다.

점점 추워지는 것이 몸으로 느껴질 정도가 되었다.

하늘에서는 비 대신에 굵은 눈송이들이 내렸다.

"이제 북쪽으로 정말 많이 왔구나."

헤인트, 프렉탈, 보드미르도 이렇게 멀리까지는 항해해 본 적이 없어서 덜컥 겁이 났다.

하지만 배를 되돌리기에도 너무 늦어서 계속 이동했다.

하늘은 맑고, 밤이면 달과 별들이 수없이 떠오른다.

대자연을 뚫고 이동하는 항해였다.

띠링!

> -데론해로 진입하였습니다.
> 항해 스킬의 숙련도가 증가합니다.
> 모험으로 인해 힘과 인내, 지혜, 카리스마 스탯이 6씩 늘어납니다.
> 명성이 260 늘었습니다.

항해사들은 처음 가 본 바다나 섬을 발견하면 명성이나 스 탯이 오른다.

"보통은 2나 3 정도 오르는데 6이라니! 정말 굉장하군. 그것도 네 종류나 되는 스탯이 늘었어."

"데론해잖아. 그리고 베키닌에서부터 한 번도 쉬지 않고 왔으니까."

일반적인 항해는 이틀 정도 가면 항구에서 하루씩은 쉬어 주었다. 식료품도 보급하고, 휴식으로 선원들의 피로도를 낮추기 위해서이기도 했다.

유령 선원들은 썩 쓸 만한 일꾼들은 아니었지만, 육지와 고향을 그리워하는 향수병이나 피로도 부분에서만큼은 걱정할 게 없었다.

"킬킬, 인간 항해사들이 맛있게 생겼어."

"몸을 빼앗자. 몸을 뺏자. 영원히 바다를 떠도는 신세도 지긋지긋해. 인간의 몸으로 들어가고 싶어."

"쉬잇! 저놈들은 선장님의 먹이야. 선장님부터 한입 드시고 난 후에 우리가 먹어야 해."

음식은 위드가 조달했고, 물도 충분했다.

굶어 죽을 염려는 없고 웬만한 수리도 가능했으니, 원양항해에는 더없이 좋은 셈이었다.

조금 더 북쪽으로 올라가면서부터는 가끔 만나던 인어도 볼 수 없었고, 돌고래와 새 들도 따라오지 않았다.

본격적인 데론해가 시작되면서부터는 살을 에는 듯한 추위가 시작되었다.

그리고 마침내 펼쳐진 오로라!

한밤중에 유령선의 위로 별들과 빛의 장막이 드리워졌다.

관록 있는 3명의 항해사도 넋을 잃고 쳐다볼 정도로 아름다웠다.

자연이 만들어 낸 빛의 위대한 아름다움은 전율이 일어날 정도였다.

―데론해의 오로라를 발견하셨습니다.

―놀라운 발견으로 인해 명성이 350 올랐습니다.

―예술 스탯이 28 상승하셨습니다.

―모든 스탯이 5씩 늘어납니다.

―대자연의 힘으로 인하여 모든 상태 이상을 치유합니다.
열닷새간 체력의 최대치가 30% 늘어납니다.
모든 스탯의 최대치가 13% 증가합니다.
선박의 선회력과 최대 속도가 육지와 항구에 정박할 때까지 27% 증가합니다.
축복의 기운으로 인하여 해상 전투에서 추가적인 혜택이 부여됩니다.

넋을 놓고 오로라를 구경하고 있는 항해사와 유령 선원 들.

위드도 오로라를 보면서 유년기의 동심마저 떠올렸다.

메말라서 바퀴벌레 1마리 살지 못한다던 그의 감정 샘이 갑자기 솟구쳐 오르거나 하는 것은 물론 아니었다.

대자연의 힘이라고 할지라도 위드의 삭막함을 부드럽게 만들 수는 없는 것.

"잘 봐 두었다가 나중에 써먹어야겠군. 모라타나 다른 곳에서 그대로 빛의 조각술로 활용하면 되겠어."

어릴 때 돈으로 바꿀 수 있는 빈 병을 주웠던 정도의 기쁨.

여행자에게는 평생 기억에 남을 만한 오로라도 그 정도의 역할밖에는 안 되었다.

밤하늘의 오로라가 갈라지면서 길을 열어 주었다.

위드가 지시했다.

"저곳으로 가자."

"알겠습니다, 선장님."

항해사들은 오로라가 알려 주는 길을 통해서 배를 몰았다.

암초도 없고, 해류도 평탄하고, 바다 괴물도 건드리지 않는 평온한 항해였다.

극도로 추워지고 있는 것을 제외한다면 별다른 불상사는 없을 것 같았다.

"으으, 추워!"

보드미르가 돛을 조정하면서 이를 딱딱 부딪치며 몸을 떨었다.

찬 바람을 많이 맞다 보니 감기에 걸리려고 하는 조짐이었다. 체력도 떨어지고 집중력도 저하되려고 한다.

위드는 미리 낚시로 잡은 새끼 고래의 껍질로 만든 로브를 겹쳐서 입고 있었기에 괜찮았다.

"다시 감기에 걸릴 수는 없지."

혹독하게 추웠던 북부 탐험을 두 번이나 했다.

지골라스 지역에 도착하면 추위보다는 오히려 더위를 걱정해야 할 판이지만, 그 전에도 몸의 상태를 최고로 유지할 수 있는 방법은 모두 준비했다.

예티의 털옷도 만들어 놓고 절대 버리지 않고 있다가 이번에 입었고, 고래 로브까지 걸쳤다.

낚시를 해서 매운탕을 후끈하게 끓여 먹으니 북쪽 바다 항해도 할 만했다.

"……."

위드의 주변에 모여 있는 3명의 항해사들. 그들은 간절한 애원이 담긴 눈으로 위드를 보고 있었다.

헤인트가 대표로 말했다.

"딱. 따닥. 선장님."

뜬금없이 딱따구리가 등장한 게 아니라, 이빨이 부딪쳐서 나는 소리였다.

바다 사나이들은 대부분 반팔에 반바지를 선호했다. 활동하기도 편한 데다, 대부분 춥지 않은 기후에서 항해를 했기 때문이다.

"이대로라면 다 얼어 죽습니다. 저희가 입을 옷이 있으면 좀 주시지요."

"내가 왜 그래야 되는데?"

위드는 천연덕스럽게 되물었다.

사람 옆에 놔두고 혼자 먹기, 줬던 거 다시 뺏기 그리고 남들 일할 때 놀고 있기, 추워하는 사람 놔두고 혼자 따뜻하게 입기!

위드는 세상에서 가장 치사하다고 하는 행동 중에서 최소 세 가지를 한꺼번에 하고 있었다.

헤인트가 억울하다는 표정을 지었다.

"그럼 저희보고 모두 얼어 죽으라는 말씀이십니까?"

"살길은 각자 알아서 찾아야지. 선장이 항해사들 옷까지 마련해 주는 배가 어디에 있어?"

위드는 시큰둥하게 말할 뿐이었다.

항해사들에 대한 복지 혜택이 전무한 유령선!

유령 선원들은 말로만 추위를 탄다고 하니 괜찮았다.

"그래도 선장님이신데 어떻게 저희 좀 살려 주시죠."

"20골드."

"네?"

"하루 대여료야. 옷이 땅 파서 나오거나 하는 건 아니잖아."

"하지만 사냥으로도 얻을 수 있고, 낚시로 물고기 비늘을

모아서도 옷을 만드시던데요."

"싫으면 딴 데 가서 알아보든가."

더럽고 치사한 부분에서 신기원을 이루는, 얼어 죽으려고 하는 사람에게 옷 임대료 받기!

눈물을 머금고 임대료를 내야 했다.

"일주일치 선납에 보증금까지 5백 골드야."

항해사들은 일단 옷을 빌린 후 따로 모여서 귓속말을 떠들었다.

- 일단 지금은 참는다.
- 계획이 바뀐 건 없어. 항해 계약이 있으니 지금은 얌전히 따르지만 기회는 온다.
- 살인을 한두 번 해 본 것도 아니고, 기회만 생기면 그냥…….

배를 탈취하게 되면 이곳에 위드를 버려 놓고 그들끼리만 돌아갈 작정이었다.

뱃사람들은 그런 경우도 대비해서 간단한 조선 스킬 정도는 익히는 편이지만, 웬만큼 고생은 할 것이다.

- 지금 우리가 당한 것의 백 배는 복수를 해 줘야지.
- 백 배 가지고 되겠어? 천 배, 만 배는 복수를 해 줄 거야.

지골라스의 모험가

위드의 예술 회관 정식 개관!

첫 번째 손님으로는 만돌 부부가 방문을 했다. 그리고 그 다음 날부터 제대로 문을 열었다.

"여기에 위드의 조각품들이 있다고?"

모라타의 유저들은 위드의 조각품에 관심이 많았다.

여신상이나 빛의 탑의 효과를 사냥에서 항상 누리고 있었으니, 예술 회관에 아마도 새로 간직되어 있을 조각품이 기대되기도 했다.

입장료 10골드.

단, 레벨 100 이하의 초보들은 3골드.

부하나 용병 NPC의 경우에도 같은 금액이 적용됩니다.
단, 30인 이상의 단체 관람 시에는 50% 할인됩니다.

입구에서부터 입장료 징수를 알리는 팻말이 붙었다.

노인이나 학생 할인도 없는 야박한 조치였다. 하지만 로열 로드에서는 노인이나 학생 들이 더 무섭다.

"늘그막에 할 일도 없고……. 신 영감, 레벨이 몇이우?"

"360 정도야. 헐헐."

"많이 올리셨구랴. 아랫마을 양로원 구 할배랑 비슷하겠네."

"어허, 나야 레벨 올리기 훨씬 힘든 마법사잖아. 비교할 것을 비교해야지."

자식들도 안 놀아 주고, 손자 손녀도 다 커 버렸다. 그렇다고 바둑이나 장기를 두면서 세월을 보내기도 지겹다.

텔레비전도 예능에서부터 가요, 시사, 드라마까지 다 꿰고 있는 노인들에게는 로열 로드야말로 새로운 세상!

현실에서는 갈수록 허리가 굽어지고 체력이 약해졌지만 로열 로드에서는 새로운 육체를 가질 수 있었다.

넘쳐 나는 시간으로 몬스터들을 때려잡는 할아버지와 할머니 들을 정말 쉽게 볼 수 있었던 것이다.

"그런데 입장료가 너무 비싸지 않아?"

"무슨 예술 회관 입장료를 10골드씩이나 받아먹으려고 하지?"

아침부터 모여 있던 모라타의 유저들은 불만이 잔뜩 팽배했다.

괜히 입장해서 별로 볼 것도 없다면 후회가 막심할 것이기 때문이다.

"그래도 뭐 10골드라면… 한번 보는 것 정도는 나쁘지 않겠지."

"위드의 조각품으로 사냥에 도움도 많이 되었으니 속는 셈 치고 들어가 볼까?"

유저들은 입장권을 끊고 예술 회관의 안으로 들어갔다.

넓은 정원이 있는 지하 2층, 지상 5층짜리 건물이었다.

정원에는 편안하게 휴식을 취할 수 있는 공간들이 있고 다양한 조각품들이 세워져 있다.

사랑 고백을 하는 듯한 동상에서부터, 몬스터들을 때려잡는 동상, 아이들이 좋아하는 곰 동상 등이 있었다.

"샌드위치나 고기 판매합니다."

"예술 회관 정식 한번 드셔 보세요."

식당들도 문을 열고 있었다.

가족들이 편히 쉴 수 있는 휴양 공간이라는 점을 내걸고 장사를 하는 식당들!

바드들이 연주하고 공연할 수 있는 무대도, 비록 지금은 비어 있지만 이미 완성되어 있는 모습이었다.

"예술 회관이나 구경하고 나가자."

"빨리 보고 사냥이나 가자."

초보자들과 유저들은 우르르 몰려서 정원을 지나쳤다.

위드의 어떤 작품이 진열되어 있는지 확인하는 게 우선이기 때문이었다.

지하 2층에서부터 지상 2층까지는 일반 예술가들을 위한 전시 공간이었다.

모라타에서 활동하는 이름난 화가와 조각사 들이 자신들이 만든 작품을 전시해 두었다.

예술가들은 지금까지는 작품을 판매해서만 돈을 벌 수 있었다. 하지만 예술 회관이 문을 열었으니 이제부터는 진열을 하고 입장료를 나누어 받을 수 있게 된다.

더 많은 유저들에게 보일 기회가 생기고, 화가나 조각사로서 이름값을 높일 수 있는 기회였다.

"여기에 내 작품이 있군."

"보레햄, 이쪽이야. 여기 동쪽에서 온 흑돼지 조각품이 전시되어 있어!"

모라타의 예술가들은 지금 이 순간에 막대한 희열을 느꼈다.

"예술을 이 정도까지 아끼고 존중하는 영주는 베르사 대륙 어디를 뒤져 봐도 찾기 힘들 거야."

"본인이 조각사라니 우리의 심정을 잘 이해해 주는 게 아니겠는가?"

예술 회관이 개관하면서 모라타의 지역 명성이 60이나 올랐다.

전쟁을 해서 승리한 것 이상으로 명성이 늘었고, 문화 발전도도 비약적으로 증가했다.

덕분에 모라타 소속 예술가들의 작품이나 바드들이 만든 공연은 다른 지방에 가서도 조금 더 우대받을 수 있었다.

"모라타 음유시인들의 작품이라고? 어려운 길을 찾아왔군. 우리 마을에서도 공연해 주겠나? 20골드 정도 더 쳐주겠네."

"모라타의 조각품이라면 인기가 높아 상당히 잘 팔리지. 원래 7골드를 말했지만, 5골드는 당연히 더 주겠네."

아직 북부에 한정되어 있지만 예술가들은 충분히 보람을 느꼈다.

하지만 예술 회관의 진정한 가치란 역시 예술품들의 감상에 있었다.

제대로 진열된 예술품들의 가치와 옵션의 효과는 20%나 올라간다.

완전한 상태로 보존하기 때문에 시간이 지나더라도 훼손되지도 않는다.

조각품이나 미술품 들은 기본적으로 효과가 누적되어서 적용되지 않지만, 예술 회관에서는 달랐다.

어느 한 조각품이 힘을 크게 늘려 주고 다른 조각품은 민첩을 늘려 준다면, 모두 감상하였을 경우에는 이 장점들을 어우러지게 할 수 있다.

예술가들이 특색 있는 조각품, 새롭고 과감한 시도들을 할 수 있게 만들어 주는 것이다.

유저들도 좋은 예술품들을 한곳에서 둘러볼 수 있으니 비싼 입장료를 낸 보람이 조금쯤은 있다고 생각했다.

"그런데 비어 있는 곳들이 많네."

"아직은 초창기니 어쩔 수 없지."

"빈 곳도 많은데 그만큼 입장료는 깎아 줘야 되는 거 아니야?"

모라타에 있는 예술품들을 아무 구분도 없이 진열할 수는 없었다. 각 예술가들이 자원해서 내놓은 작품들과 관람객들에게 기꺼이 내보일 수준으로만 요구했더니, 많은 작품들이 전시되어 있지는 못했다.

관람객들은 3층으로 올라갔다.

위드가 만든 소소한 조각품들, 여행을 다니면서 본 몬스터나 성, 도시 들의 축소판이 있었다.

로자임 왕국 세라보그 성, 그라바 산맥, 바란 마을과 천공의 도시, 소므렌 자유도시로 향할 때 넘었던 바르크 산맥.

절망의 평원과 유로키나 산맥도 있다.

베르사 대륙의 지형을 작게 옮겨 놓은 것 같았다.

여행을 할 때마다 짬짬이 만든 거라 크기와 비율은 제멋대

로였지만, 몬스터나 특별히 눈에 띄었던 나무, 저택 등의 작품이 있었다.

수량이 늘어나면서 가지고 다니기 힘들었던 조각품들을 몽땅 예술 회관에 놔두었던 것이다.

"엄청난 정성이 깃든 작품이로군."

"굉장히 많은 조각품이야."

관람객들은 위드의 작품들을 보면서 경이로움을 느꼈다.

한 인간이 할 수 있는 최대한의 노가다, 그것을 보는 듯했다.

4층의 삼분의 일 정도는 복도를 따라서 유리로 만들어진 방을 볼 수 있게 만들어져 있었다.

그리고 인형으로 만들어진 작품.

한 사람의 탄생과 죽음에 이르기까지의 과정들이 그 작품 안에 오롯이 담겨 있었다.

바느질 한 올 한 올이 틀어짐이 없고 고도의 집중력과 어울림으로 만들어진 작품.

한 아이가 자라고 성장해서, 그저 그걸로 끝나는 게 아니었다.

인간의 잠재력과 가능성, 시간이 지나면서 느끼는 행복과 삶의 소중함이 있다.

인형들을 보면서 한 사람의 인생을 생생하게 함께 겪은 것처럼 느끼게 만드는 작품이었다.

가족과 눈물과 아픔과 기쁨이 자연스럽게 인형들에 녹아 있다.
　대부분의 관람객들은 작품을 설명하는 팻말부터 읽었다.
　작품을 제대로 이해하기 위해서는 배경 지식을 습득하는 것이 필수였다. 그리고 나중에 다른 사람에게 말해 주기 위해서라도 팻말은 반드시 읽어야 했다.

　보잘것없는 건축가 파보가 예술 회관을 짓게 만든 작품이다.
　이 작품을 만든 예술가는 겸손하여 미완성으로 이름조차 짓지 않았지만, 평생 기억으로 남겨 두고 따뜻한 보람을 느낄 수 있게 되었다.

　그리고 팻말의 밑에는 아마도 먼저 온 누군가가 남긴 듯한 작은 종이가 붙어 있었다.

　저는 세상에 태어나지 못한 딸 때문에 조각 의뢰를 맡긴 사람입니다.
　조각사에게 딸의 조각품을 만들어 달라고 하면서도, 미안한 말이지만, 기대하지는 않았습니다.
　지푸라기라도 잡고 싶은 심정으로 의뢰를 했습니다.
　조각품의 의뢰비는 겨우 1쿠퍼.
　제 부탁을 받은 조각사는 저와 아내의 모습을 본떠서 이렇

게 작품을 만들었습니다.

여러분이 보실 때에는 무엇을 느끼실지, 저는 모르겠습니다. 하지만 이 조각품은 우리 부부에게 감동을 주었습니다.

우리가 살아가는 삶이 꼭 불합리하지만은 않다는 생각이 듭니다. 지금 제가 살고 있는 시간에 여러분이 함께해 주셔서 감사합니다.

관람객들은 경건한 마음으로 인형들을 보았다.
각자가 자연스럽게 누리고 있는 이 시간과 감정에 감사하면서.
띠링!

이름이 알려지지 않은 신화적인 조각품을 보셨습니다.
예술의 꽃.
경이로운 예술품이라고 할 만한 작품.
이름을 알리지 않은 조각사는 자신의 솜씨를 발휘하여 탄생과 죽음이라는 주제로 조각품을 만들었다. 그의 조각품을 보고 이해하는 자에게는 인생의 축복이 함께할 것이다.

하루 동안 생명력과 마나, 체력의 회복 속도가 32% 늘어납니다.
생명력과 마나 최대치 36% 증가.
전 스탯 24 상승.
민첩과 용기가 추가로 늘어납니다.
이동속도가 36% 빨라집니다. 먼 거리를 이동할 때의 효과는 더욱 큽니다.

살아 있는 기쁨을 만끽하게 됨으로 생명력이 영구적으로 500 증가합니다.
지혜와 지식이 영구적으로 2 늘어납니다.
작품을 이해하기 위해서는 자주 관람하고, 세밀하게 살펴볼 필요가 있습니다.

예술 회관의 1층, 2층, 3층에서 관람객들이 계속 올라오고 있었지만, 4층의 관람객들은 자리를 떠날 줄을 몰랐다.

막 태어났을 때의 인형을 보고, 학교를 다닐 때, 결혼할 때, 아이를 가질 때를 다시 돌아본다.

되돌릴 수 없는 삶이기에 가장 소중하고 행복한 것이 아니겠는가.

그저 살다 보면 지금이 보석보다 빛나는 아름다운 시간인지를 모르고 지나가 버린다.

짝짝짝.

누군가가 작품을 보며 박수를 쳤다. 그 박수 소리는 금방 다른 관람객들의 호응을 받아 우레처럼 퍼졌다.

"여보, 이곳에서 사는 건 어떨까요?"

만돌의 아내 델피나가 모라타를 돌아보고 나서 먼저 제안

했다.

만돌도 중앙 대륙에 있는 집으로 돌아가면 델피나가 다시 예전 기억을 떠올리지 않을지 걱정이 되던 참이었다.

"모라타가 마음에 드오?"

"네, 사람들에게서 활력이 느껴져요. 그리고 모험이 있잖아요."

중앙 대륙에서는 각 길드들의 주도 아래 전쟁과 이권 다툼이 끝없이 벌어지고 있었다.

그에 비해서 북부는 정치적으로 안정되어 분쟁이 적다.

길드들도, 사람들도 모여서 퀘스트나 원정, 탐험을 많이 했다. 새로운 생산물이 만들어지고 사냥터가 넘쳐 났다.

"도시도 참 예뻐요. 이곳에 정착하고 싶어요. 그리고 우리, 예전처럼 같이 사냥도 해요."

"당신이 모라타에서 살고 싶다면 그렇게 합시다."

만돌은 모라타를 돌아다니면서 외곽에 2층짜리 주택을 구했다. 판잣집에서 둘이 오순도순 지내고 싶기도 했지만, 인기가 워낙 높아 입주가 어려웠다.

생애 최초 보금자리 판잣집

2196호에서 입주 파티를 합니다. 각자 먹을 것만 들고 오세요. 여성 바드들의 기념 공연도 있을 예정입니다.

모라타가 훤히 보이는 조망까지 갖추어서 판잣집의 인기는 굉장했다.

 비가 오면 천장에 빗방울 떨어지는 소리가 시끄럽게 들리고, 빗물까지 뚝뚝 새어 나왔다.

 부실한 판잣집이지만 나름의 낭만이 있어서 모라타의 인기 주택이었다.

 섬세한 감수성을 가진 여성 관람객들이 예술 회관에서 감동의 눈물을 흘리고 있을 때였다.

 "우현 전타! 이대로 가면 부딪친다. 속도를 늦춰!"

 지골라스와 가까워질수록 혹독해진 추위는 마침내 커다란 빙하 조각들이 둥둥 떠다니는 위험한 바다를 만들어 냈다.

 "정신 똑바로 차려. 배가 파손되면 우리 모두 얼어 죽는다!"

 "프렉탈, 다음 빙하는 언제야?"

 "10초 뒤. 오른쪽 방향으로 흐르고 있다."

 "좌현으로 선회할 준비를 해라. 빙하를 빠져나가자마자 바람을 받도록 돛을 조정해."

 항해사들은 빙하에 부딪치지 않기 위해 천신만고의 노력을 했다.

 자연의 경이로움과 위험을 동시에 맛본다. 이토록 위험한 항해는 일찍이 해 본 적이 없었다.

음머어어어어!

빙하들을 보며 완전히 공황에 빠진 누렁이!

위드는 편안한 기분으로 낚시를 했다.

"예술 회관의 입장객이 기하급수적으로 늘고 있다라……."

파보로부터의 보고가 있었다.

하루 입장객만 해도 25,000명이 훨씬 넘었다고 한다.

입구에서부터 줄을 서서 기다리고, 새벽에도 예술 회관에 들어가게 해 달라는 관람객들이 넘쳐 난다는 보고였다.

"예술 회관도 돈이 다 되는군."

예술 회관의 건축비가 있기 때문에 파보에게도 상당한 배분을 해 주어야 한다.

작품을 전시한 다른 화가나 조각사 그리고 공연을 하는 바드에게도 이익금을 나누어 줘야 했다.

그럼에도 엄청난 흑자를 기록할 것은 두말할 필요가 없는 일.

"일단 모라타와 북부에 있는 유저들은 적어도 한 번씩은 방문하겠지."

여자아이의 일생을 다룬 조각품은 스탯을 영구적으로 늘려 주는 효과가 있으니 누구나 한 번씩은 방문을 할 것이다.

"모라타에는 10골드가 부담되는 초보 유저들이 많지만 결국 다 들어오게 될 거야. 그리고 그들이 나중에 더 성장하게 되면 사냥을 할 때마다 예술 회관에서 작품들을 감상할 테지."

초보 유저들로부터 구한 가죽들이 모라타의 재봉 장인들에 의해 방어구가 되는 과정에서도 돈을 번다.

교역이나 세금도 핵심적인 수입원이었다.

하지만 예술품으로 거금을 벌 수 있다니, 이건 베르사 대륙에서는 거의 최초로 이루어진 수익 구조의 혁명이라고 해도 과언이 아니었다.

"예술의 힘이야말로 위대한 거야."

역사에 남아 있는 세계적인 미술가들, 조각사들의 이름을 누구나 1~2명은 알고 있는 시대였다.

작품을 통해서 관람객들을 모으고, 끝없는 돈이 창출되는 세상.

"환상적이야. 아름다워. 멋지군. 역시 숭고하기 짝이 없는 조각사라는 직업!"

위드는 빙하들을 보면서도 웃어 주는 여유마저 가질 수 있었다.

"이렇게 관람객이 많다면 입장료를 매달 1골드씩 올려서 13골드 선으로 맞추고… 예술가들에게 지급되는 돈도 결국은 세금으로 다시 거둬들이면……. 크헤헤헤헤헤!"

극도의 위험에 처해서도 턱뼈가 빠지도록 웃고 있는 미친 해골이었다.

금인이와 누렁이조차도 위드를 정상으로 여기지 않고 있을 때, 유령 선원들이 어깨뼈를 주무르며 아부를 했다.

"멋지십니다, 선장님."

"이 바다에서 선장님처럼 근엄하신 분은 없을 것입니다."

하지만 유령 선원들은 안 보이는 곳에서 위드를 욕했다.

"크헤, 여기까지 우리를 데려오다니. 마리아스호 선원들의 힘을 보여 주어야 해."

"깊은 바다, 빠져나올 수 없는 바다에서 선장을 버리자."

"선장을 버리자!"

"선장을 제물로 바치자."

유령 선원들은 먼 거리 항해를 하면서 점점 충성심이 하락했다. 훨씬 우월한 언데드인 리치가 아니었더라면 진작 배반했겠지만, 두려움에 아직까지 참고 있을 뿐이었다.

콰지지지직!

빙하의 틈을 지나가느라 배의 옆구리가 길게 찢겼다.

바닷물에 잠기는 부분은 아니었지만 유령선의 상태는 갈수록 악화되었다.

헤인트가 선체의 상태를 확인하고 나서 말했다.

"선장님, 이대로라면 목적지까지 항해가 어렵습니다. 갈수록 더 많은 빙하들이 떠내려오고 있는데 다 피할 수가 없습니다."

유령선보다 더 큰 빙하는 부딪치는 즉시 침몰할 수도 있을 만큼 위협적이었다. 하지만 바다에 떠 있는 크고 작은 얼음 덩어리들도 배에 계속 부딪쳐서 피해를 누적시키고 있었다.

역설적으로 유령선에 끼어 있는 해초나 부유물들이 아니었더라면 더 큰 피해를 봤을지도 모를 일이었다.

"그러면 어떻게 할까?"

위드가 활짝 웃으면서 물었다. 예술 회관의 입장료로 벌어들이는 돈 생각에 하늘로 날아갈 듯한 기분이었다.

'배가 침몰하면 빙하들 위로 걸어가면 되고, 이 지역에 사는 큰 물개라도 잡아서 언데드로 만들어서 타고 가면 되지!'

물론 이 지역에는 과거의 모라타보다도 훨씬 심한 빙설의 폭풍이 몰아치기도 한다. 그렇기에 힘든 길이 이어지겠지만 긍정적인 생각만 하고 있었던 것이다.

"빙하들이 계속 떠내려오는 바다로는 더 이상 못 갑니다."

"그러면?"

"육지가 가깝습니다. 해도를 보면 육지에 큰 강이 흐르는데, 그곳을 통해서 지골라스까지 갈 수 있을 것 같습니다."

"그곳도 얼어 있지 않을까?"

북쪽으로 올라갈수록 빙하들이 커지고 넓어졌다. 추위로 인해서 바다가 얼어붙고 있다는 증거였다.

웬만한 강줄기라면 당연히 얼어 있을 테니, 배를 타고 지나기보다는 걸어서 이동해야 할 판이었다.

"저도 잘 모르겠습니다. 하지만 선장님이 가져오신 지골라

스로 향하는 해도에는 얼지 않는 강이라고 적혀 있습니다."

위드의 결정은 빨랐다.

바다로 지골라스까지 갈 수 없다면 강을 이용해 보더라도 밑져야 본전일 것이다.

"그럼 강으로 간다."

유령선은 항로를 바꾸어서 육지로 향했다. 빙하들을 피하느라 시간이 지체되었지만 점점 갈수록 얼음덩어리들이 줄어들었다.

얼지 않는 강에 도착했을 때에는 물에서 얼음을 찾아볼 수 없었다.

육지에는 흰 눈이 두껍게 쌓여 있고 얼음이 뾰족하게 탑처럼 솟구쳐 있는데, 거짓말처럼 강물은 얼지 않은 것이다.

유령선의 온도도 왠지 훨씬 따뜻해진 것처럼 느껴졌다.

위드가 누렁이를 향해 다정하게 말했다.

"누렁아, 목마르지?"

누렁이는 기다렸다는 듯이 고개를 끄덕였다.

"이 강에는 따뜻한 물이 흐르니까, 마셔 봐."

"고맙다, 주인."

누렁이는 물통에 머리를 처박고 꿀꺽꿀꺽 마셨다.

"캬, 물맛도 좋다."

금인이가 자신에게는 마시란 말을 안 했다고 위드를 향해서 원망 어린 시선을 던질 때였다.

위드가 고개를 끄덕였다.

"마셔도 탈이 안 나는 물이었군."

"……."

"지골라스에서부터 내려오는 물인가?"

해도를 자세히 살펴보니 지골라스의 화산 지역에서부터 내려오는 강물이었다.

"유황 맛이 조금 난다. 그래도 맛은 좋다."

누렁이의 보고가 있은 후로, 위드는 배의 수통에 물을 가득 채우도록 지시했다.

얼지 않는 강을 거꾸로 거슬러 올라가려니 배의 속도는 나지 않았지만, 빙하들을 피하지 않아도 된다는 부분이 큰 장점이었다.

3명의 항해사들은 구경을 위해 뱃머리에 달라붙었다.

"저놈들이 이 지역의 몬스터로군. 레벨은 얼마나 될까?"

"모르기는 해도 우리 수준으로는 어림도 없을 거야. 외모부터 보통이 아니잖아."

육지에는 털로 몸이 뒤덮인 커다란 몬스터들이 있었는데, 뿔이 굉장히 위협적이었다.

야수 종족들도 도끼나 얼음 창 등의 무기를 가지고 돌아다니며 괴성을 내질렀다.

유저들의 발길이 거의 닿지 않은 사냥터였지만, 상륙해서 사냥을 하는 건 미친 짓이었다. 몬스터의 레벨도 일단 보통

은 아닐 것이고, 추위부터 먼저 이겨 내야 했다.

"굳이 무모한 싸움을 할 필요는 없지."

위드도 몬스터들을 보면서도 지나쳤다.

보온에 도움이 되는 고품질의 가죽을 전리품으로 획득할 수는 있겠지만, 미끄러운 빙하에서의 전투란 피하는 편이 좋다.

"빛의 날개를 쓰더라도 싸울 수 없을 거야."

서윤과 있을 때 빙룡을 타고 감기에 걸렸으니 공중전을 벌일 엄두도 내지 못했다.

"같은 잘못을 반복할 수는 없어."

위드는 간간이 생선이나 낚아 올리며 낚시에 집중하면서 유령선을 계속 이동하도록 지시했다.

지골라스에 가까워질수록 온도는 점점 뜨거워졌다.

강에서부터 수증기가 뿜어 나와서 안개처럼 감쌌다. 대자연이 주는 한증막이었다. 햇빛이 비칠 때에는 무지개들이 발생했다.

"허어억!"

"목, 목이 마르다."

항해사들이 체력 저하와 함께 심한 갈증을 호소했다. 물을 마셔도 효과가 거의 없었다. 전투를 오랫동안 한 것처럼 몸에서는 땀이 줄줄 흘렀다.

헤인트가 다시 와서 사정했다.

"더 이상은 못 가겠습니다. 탈진 증상이 나타나고 있습니다."

반면에 위드는 멀쩡했다.

애초에 뼈다귀에 땀이 흐를 수는 없는 일. 언데드의 장점이었다.

세 항해사들은 인내력 스탯도 없거나 미약한 수준이라서 더위를 참기 어려워했다.

"쯧쯧, 형편없군."

위드는 한심하다는 듯이 이마를 좁혔다.

세 항해사들 때문에 손이 많이 가는 건 사실이지만, 그들로 인해서 유령선이 무사히, 그리고 빠른 속도로 이동하고 있었다.

"뭐, 이 정도면 많이 왔으니 더 이상 욕심을 부리면 안 되겠군."

"그럼 여기서 돌아가는 겁니까?"

"일단 배를 강가에 정박시켜 봐."

"알겠습니다, 선장님!"

항해사들은 강가에 배를 댔다. 그리고 위드가 말했다.

"선원들과 함께 상륙해서 얼음을 좀 가져와. 그러면 시원할 거야."

"아, 고맙습니다."

헤인트와 프렉탈, 보드미르도 여기까지 온 이상 지골라스

는 보고 싶었다.

'그리고 저놈이 땅으로 내려갔을 때 배를 빼앗아서 도망치는 거지.'

'지골라스에 가면 버려두고 오자. 영영 그곳에서 벗어나지 못하게.'

세 항해사들은 이미 마음의 결정을 내린 후였다.

지금까지 저지른 수많은 나쁜 짓 중에서 왠지 이번은 그 즐거움이 몇 배는 될 것 같았다.

'다시는 돌아오기도 힘든 지골라스에 버려 놓는 거야. 크<u>ㅎㅎㅎ</u>.'

'우릴 고생시킨 대가를 제대로 치르는 거지. 이 배도 뺏어 버리고.'

세 항해사들이 선원들과 함께 빙하에 내려가서 얼음을 캐고 있을 때였다.

마리아스호의 돛이 활짝 펼쳐지고, 누렁이가 땅에 묶어 놓은 밧줄들을 주둥이로 물어서 끊었다.

그리고 지골라스를 향해 이동하는 유령선!

위드가 선장의 자리에서 키를 돌렸다.

그가 가지고 있는 항해 스킬은, 이곳까지 오느라 7레벨이 되었다.

이제 유령선을 몰 수 있는 수준이 되어서 몰고 가는 것이었다.

대반전.

낚시만 할 줄 알던 이름뿐인 선장 위드가 당당하게 유령선을 몰다니!

"왜 배가 움직이는 거지?"

"돌아와요, 선장님!"

항해사들은 크게 외치면서도 절박해하지는 않았다.

그들은 물론이고 선원들까지 이곳에 있었다. 그 모두를 버려두고 갈 수는 없는 것이다.

"선장님이 가신다. 키히히히."

"우리도 가야지. 우리는 마리아스호에서 떨어질 수 없는 신세. 흑흑."

유령 선원들이 희미해지더니, 유령선에서 다시 나타났다.

"뭐, 뭐야. 정말 우리를 버리고 가는 건가?"

"여기에 우리만 놔두고 가 버리는 거야?"

그때야 세 항해사들은 발등에 불이 떨어진 신세가 되었다.

빙하에서 넘어지고 구르며 유령선을 따라서 강가를 달렸다.

"제발 구해 주세요!"

"태워 주시면 뭐든지 시키는 대로 다 하겠습니다!"

항해사들은 절박하게 외쳤다.

가해자의 입장과 피해자의 입장이 이렇게 다를 수 있음을 처음 느낀 것이다.

위드가 그들을 향해 말했다.

"너희를 버리고 갈 생각은 없다. 어쨌든 너희는 내 배의 항해사들이 아니더냐. 나 더럴은 식구들을 버리지 않는다."

"정말이십니까?"

"선장님, 감사합니다!"

하지만 배는 멈추지 않았고, 위드의 말도 끝난 게 아니었다. 말은 끝까지 들어 봐야 아는 법.

특히 애꾸눈 해적 해골 위드의 말이지 않은가.

"지골라스까지는 얼마 남지 않았다. 나중에 다시 돌아갈 때 태우고 갈 테니 여기서 기다리도록 해라."

"여기는 몬스터들이 너무 많습니다!"

"안전한 배에서 기다릴 수 있게 해 주세요!"

위드는 그들의 말을 가볍게 무시했다. 그리고 시커먼 속셈을 드러냈다.

"돌아갈 때에는……."

"네?"

"가진 것을 다 내놔라! 너희가 지금까지 훔치고 빼앗은 보물들. 조금이라도 숨기고 내놓지 않는다면 절대 태워 주지 않겠다. 크하하하하!"

-선원 계약이 해지되었습니다.

그러자 부선장 유령 니크가 굽실굽실 허리를 숙였다.

"과연 선장님이십니다. 키히히힐!"

안개로 자욱한 지역, 무지개들을 통과해서 들어가니 나타난 땅, 지골라스!
산들이 시커먼 연기를 뿜어내고 용암을 토해 낸다.
"제대로 도착했군."
위드는 몬스터들이 없는 지역으로 우회하며 지골라스를 관찰했다.
잠시 배를 타고 둘러본 바로는, 지골라스에는 알려진 것보다도 훨씬 많은 종류의 몬스터들이 있었다.
털이 없고 피부가 흰 곰들이 돌아다니고, 표범처럼 날쌔게 생긴 볼라드가 바위에서 포효한다.
큰 도끼를 휘두르는 혼돈의 전사들은 산에서 활동하고, 테어벳들은 그늘진 곳에 숨어서 먹이를 기다린다.
용암이 치솟는 곳에는 화염 거인들이 있다.
몸이 불과 용암으로 이루어진 거인들!
땅이 갈라져 증기를 뿜어내는 지역에서는 불의 악령과 빛나는 불 도롱뇽처럼 생긴 몬스터들이 산다.
"일단 대충은 알 것 같고. 아르메니아 해적단은 얼지 않는 강으로 오지 않았을 수도 있겠지."

근처에는 아르메니아 해적단의 흔적이 전혀 보이지 않았다.

 위드는 일단 유령선을 몬스터들이 없는 지역에 정박시켰다. 그리고 밧줄을 통해 내려가는 순간이었다.

 띠링!

지골라스에 도착한 모험가

영웅적인 모험심으로 지골라스에 도착하였습니다.
베르사 대륙의 낡은 역사서에만 남아 있을 뿐, 사람들에게는 잊힌 것이나 다름없던 땅.
오랜 망각의 세월을 뛰어넘어 이 땅을 방문한 당신에게 대지의 여신이 남긴 축복이 함께할 것입니다.
혜택: 명성 800 증가.
　　　일주일간 경험치, 아이템 드랍률 2배.
　　　첫 번째 사냥에서 해당 몬스터에게 나올 수 있는 것 중에 가장 좋은 아이템이 떨어집니다.
　　　대지의 여신 미네의 축복.

 땅으로부터 청량하고 신성한 기운이 올라와서 위드의 해골을 뒤덮었다.

 -대지의 여신의 축복을 받으셨습니다.
　마나의 회복 속도가 40% 빨라지고, 집중력이 증가하여 마법의 실패 확률을 크게 줄입니다.
　적의 공격으로 인한 피해의 38%를 땅으로 흘려 버릴 수 있습니다.

던전에서 길을 잃어버렸을 때 탈출 방향을 알 수 있습니다.
행운에 따라 여러 몬스터를 상대할 때 일정한 확률로 땅이 일어나서
적을 공격하고, 방어에 도움을 줍니다.
축복의 지속 시간이 열닷새 남았습니다.
언데드 상태이기 때문에 신앙심이 영구적으로 35 감소합니다.
대지의 여신 미네의 축복 : 땅을 밟고 있는 모든 이들에 대한 축복.

대지의 교단은 종족이나 직업에 따른 차별이 가장 적었다.

"여신의 축복치고는 약하군."

번영을 위한 농작물의 풍요로움과 적들을 물리칠 때에 위력을 보여 주는 프레야 교단과 비한다면 조금은 아쉬운 편이다.

하지만 대지의 여신이 베풀어 준 축복은 지속 시간이 아주 길었다.

"열닷새라면 상당히 도움이 되겠어."

띠링!

―지골라스로 향하는 신규 항로를 발견하였습니다.
항로의 개척으로 인하여 명성이 660 증가합니다.
모험의 성공으로 인해 전 스탯이 3 증가합니다.
용기 스탯이 12 늘어납니다.
항해 스킬의 숙련도가 증가합니다.

호칭, 미지로 돛을 펼치는 유령 선장을 얻으셨습니다.
바다 항해에서의 최대 속도가 7% 늘어납니다.

> 장시간 항해에도 선원들이 희망을 잃지 않습니다.
> 새로운 섬이나 유물, 침몰선 등을 발굴할 시에 명성의 획득이 더욱 커집니다.
> 왕이나 귀족의 항해 지원을 받을 수 있습니다.
> 통솔력과 카리스마가 20 늘어납니다.
> 바다에서 좋은 일이 발생할 확률을 높입니다.
> **제한 :** 항해 스킬 초급 5레벨 이상.
> 　　　　바다에서만 적용 가능.

위드는 보상에 흡족해하면서 일단은 바위틈으로 몸을 옮겼다.

'동굴! 동굴부터 찾아야 해.'

안전한 은신처부터 구하는 게 탐색과 사냥의 핵심이었다.

헤르메스 길드, 붉은용병 길드, 흑사자 길드, 망치와모루 길드, 프로암 연합 용병 길드.

그 외 89개의 거대 명문 길드들이 회합을 가졌다.

"그러면 패권 동맹에 대하여 모두 동의하시는 것으로 알겠습니다."

헤르메스 길드장 라페이가 주도하는 모임!

다른 명문 길드들의 수장들이 고개를 끄덕였다.

"찬성이오."

"우리로서는 거부할 이유가 없지."

패권 동맹.

베르사 대륙의 명문 길드들을 하나의 울타리로 엮는 것이었다.

"다음 달 1일에 대외적으로 공식 선포를 하겠습니다. 그리고 일주일 정도의 시간을 가진 후 행동은 각 길드들의 판단에 맡기겠습니다."

라페이의 말에 길드장들은 흡족한 미소를 지었다.

패권 동맹에 포함된 명문 길드들이 숨죽이고 비축했던 무력을 대외적으로 떨쳐 내는 시간!

동맹 길드끼리는 적대 행위를 일절 하지 않는 대신에, 포함되지 않은 길드나 성주 들에 대한 공격이 개시된다.

전면적인 영토 확장이 개시되고, 패권 동맹에 포함되지 않은 세력들은 살아남기가 어려울 것이다.

명문 길드들이 둘이나 셋, 소규모로 짝지어서 공격을 하기도 할 텐데, 여기에 버틸 수 있는 길드들은 중앙 대륙에서도 거의 없을 것이기 때문이다.

방어전이 훨씬 유리한 것은 사실이기 때문에 설혹 잠깐 막아 낼 힘을 가지고 있다고 하더라도 결과는 다르지 않다.

큰 먹잇감에는 더 많은 사냥꾼들이 들러붙는 것이니 이리저리 뜯어먹히는 신세가 되리라.

바드레이와 헤르메스 길드가 이 패권 동맹을 주도했고, 다른 명문 길드들보다 우위의 무력을 가지고 있었다.

헤르메스는 패권 동맹의 의장 길드가 되었고, 하벤 왕국과 칼라모르 왕국에 대한 배타적인 권리를 인정받았다.

베르사 대륙에는 평범한 유저에서부터 관광객들까지, 수많은 사람들이 있다.

사냥터와 아이템 거래, 상업, 세금, 이곳에서 벌어지는 막대한 이권을 독점하기 위한 명문 길드들의 대연합.

라페이가 준비되어 있던 술잔을 높이 들었다.

"올해가 지나기 전에 이 베르사 대륙은 우리 패권 동맹의 것이 될 것입니다."

명문 길드들의 길드장들도 술잔을 들었다.

"베르사 대륙을 위해!"

"우리 패권 동맹을 위해!"

조각사들의 유산

The Legendary Moonlight Sculptor

위드는 어렵지 않게 은신처로 사용할 만한 동굴을 구했다.

인위적이지 않은, 자연이 만들어 낸 동굴.

지각변동이 일어날 때 용암이 솟구쳐 나오는 구멍이었다.

깊은 내부로 들어가면 지하에서 엄청난 열과 함께 용암이 흐르는 것을 볼 수 있었다.

용암에서도 돌고래나 청새치처럼 뛰어오르는 몬스터가 있었지만 위드는 오래 쳐다보지도 않았다.

"안 돼. 보는 것만으로도 부정 탈지 모르니까. 설마 저런 놈과 싸울 일은 없겠지!"

싸우고 싶은 마음조차 전혀 들지 않는 몬스터들.

위드는 일단 지상 근처에 자리를 잡고 나서 황금새를 보았다.

"……?"

황금새는 고개를 갸우뚱하면서 왜 그러는지 궁금해하는 모습이었다.

"그래, 일단 새들이 자유롭다고 하니까 주변에 뭐가 있는지 정찰하기가 편하겠지."

위드는 황금새를 참고해서 작은 까마귀를 조각했다.

지골라스에는 화산재가 많은 데다 밤이 되어 어두워지면 까마귀가 눈에 띄지 않았기 때문이다.

"조각 변신술!"

위드의 몸이 급격하게 줄어들더니 깃털이 숭숭 자라나고, 새까만 눈동자를 가진 까마귀로 변했다.

-몸의 형태가 바뀌면서 현재 착용하고 있는 장비들을 모두 쓸 수 없게 되었습니다.
소형 날짐승으로 변한 페널티로 인하여 무거운 장비를 착용했을 때의 민첩성이 매우 심하게 하락합니다.
최소한의 힘과 민첩성도 유지하지 못한다면 날거나 걷지 못할 수도 있습니다.

-조각 변신술의 영향으로 지식과 지혜가 최저치로 떨어집니다.
대신 민첩성이 향상되고 빠른 비행을 할 수 있습니다.
불운이 따라붙는 까마귀의 특성으로 인하여 행운 스탯이 마이너스로 변합니다.
주변에도 불행을 퍼트리게 되므로 주의하셔야 합니다.

예술 스탯이나 손재주 등의 스탯을 쓸 수 없습니다.
생명력과 마나, 체력이 25% 감소합니다.
조각 변신술이 풀릴 때까지 유효합니다.

위드는 시험 삼아서 한번 울어 보고 싶었다.
"끼야에아아아아악."
매우 짜증 나고 불쾌한 소음으로 울부짖는 까마귀!
황금새와 누렁이, 금인이가 질겁하고 물러났다.
'어차피 정찰만 하는 용도니 상관없겠지.'
까마귀로 변신해서 전투를 한다는 건 말도 안 되는 일. 활동이 불편하기도 하지만, 딱히 부리로 쪼는 것 외에는 장비도 쓸 수 없는 것이다.
"째액, 째재액, 째액, 째재액."
구령을 맞추면서 땅에 앉았다 일어서고, 날개를 폈다가 접는 작은 까마귀!
위드는 새로운 몸에 적응할 수 있도록 여러 자세들을 취해 보았다.
10분 정도 돌아다니고 나니 어색하기 짝이 없던 까마귀의 몸에도 익숙해진 것 같았다.
'슬슬 날아 볼까?'
위드는 넓은 공터를 질주했다.
다다다다다닥.

비행기가 이륙하는 것처럼 잰걸음으로 내달려서 날개를 파닥였다. 그러자 한 바퀴 공중제비를 돌면서 치솟는 까마귀.

 날갯짓이 어색하기는 했지만 한 번에 비행에 성공한 것이다.

 날개를 파닥일 때마다 쭉쭉 공중으로 치솟았다. 그런데 위드가 향하는 장소에는 드레이크들이 빙글빙글 선회하고 있었다.

 지골라스에서 파이어 드레이크들은 감히 명함도 내밀지 못할 정도로 약한 존재였다.

 위드도 드레이크들과 싸워 본 적이 있다. 멋진 전투를 했었지만 현재 까마귀의 형편으로는 한입 거리도 되지 않으니 몸을 사려야 하는 신세.

 위드는 방향을 바꾸어서 먼저 지골라스를 쭉 한 바퀴 돌아보기로 했다.

 지골라스에는 엄청나게 많은 몬스터들이 서식하고 있었다.

 가히 몬스터들의 천연 보고라고 할 수 있을 만큼 많았다.

 로열 로드의 홈페이지에 올라온 영상은 장난이라고 할 수준이었다.

 '정말 위험한 동네군.'

 위드는 방정맞은 울음소리를 내지 않는 것은 물론이고 날갯짓도 조심했다.

 까마귀로 변한 이후로 시야가 확 트여서 높은 곳에서 지골

라스를 찬찬히 훑어볼 수 있었다.

지골라스는 고립된 섬이 아니었다.

모라타보다도 훨씬 넓은 화산 지역이 있고, 얼지 않는 강과 접하지 않은 다른 부분은 빙하와 이어져 있다.

지골라스와 빙하 지대 사이에는 넓은 완충지대가 있어서, 얼음이 심하게 얼지 않고 눈도 약간의 부위에 소복하게 쌓인 정도다.

'저곳이라면 덥지도 춥지도 않겠군.'

양측의 경계선에서는 지골라스의 몬스터들과 빙하 지대의 몬스터들이 수시로 싸움을 벌였다.

고위 몬스터들의 싸움이라서 바위가 쪼개지고 땅이 울릴 정도였다.

몬스터들의 싸움에 낀 어중간한 까마귀가 되고 싶지 않은 위드는 근처에도 가지 않았다.

'아르메니아 해적단을 찾아야 되는데······.'

까마귀로 정찰을 하면서 지형은 살필 수 있었지만 가까이 다가가기는 힘들었다. 화산 지역에서는 뜨거운 공기가 올라왔고, 또한 드레이크들이 맴돌고 있었기 때문이다.

넓은 지반이 갈라져 있고, 지하 골짜기에는 용암이 흐르는 지형.

대지의 균열이 심한 지역에 특이하게 오래된 탑이 있었다. 석재로 만들어진 탑이 20미터나 우뚝 솟아 있었는데, 화산 분출의 피해가 없는 것인지 일대가 비교적 멀쩡한 모습이었다.

'저기는 뭐지?'

위드는 조심스럽게 탑으로 날아갔다.

네발로 걸어 다니는 볼라드들이 근처를 지나다니고 있었기 때문에 금방이라도 도망칠 준비를 하고서였다.

하지만 볼라드들이 까마귀에 대해서는 신경도 쓰지 않은 덕분에 무사히 탑의 입구에 도착할 수 있었다.

탑의 입구에는 지골라스에 있는 몬스터들이 생생하게 조각품으로 만들어져 있었다.

게이하르 폰 아르펜 황제의 서거 이후, 제국이 분열되고 몬스터들의 침공으로 인하여 대륙이 혼돈에 빠졌을 때에도 조각사들은 조각칼을 놓지 않았다.

아름다움과 예술에 대한 열정은 어떤 위험이 닥친다고 해도 포기할 수 없는 것이다.

지골라스에는 베르사 대륙에서 찾기 힘든 귀한 금속과 석재 들이 많았다.

조각사들에게는 꿈과 같은 재료인 '살아 있는 금속 헬리움'이 발견되었다는 소식에, 대륙의 유능한 조각사들이 모여들었다.

게이하르 황제로 인해 얼마 전까지만 하더라도 대륙의 조

각술은 굉장히 높은 수준을 가지고 있었다.
 하지만 이곳 지골라스에 도착한 조각사들은 몬스터와 험난한 자연환경으로 인하여 목숨을 잃었다.
 이 탑은 지골라스에 온 조각사들이 만든 유산이다.
 누군가는 반드시 헬리움으로 조각품을 만들 것이라고 확신한다.

조각사 길드 13대 수장 로야닌

―조각사들의 역사에 대한 위대한 발견을 하셨습니다.
 이 사실을 조각사 길드에 보고한다면 큰 보상을 받을 수 있을 것입니다.

지골라스에 만들어져 있는 조각사들의 유산!
 탑의 벽에는 조각사들이 칼로 새긴 글귀들이 있었다.
 이름도 알려지지 않은 조각사들이 대부분이지만, 매우 유명한 이도 있었다.

조각사 데이크람, 헬리움을 조각하기 위해서 이곳에 오다.

위드가 아직 찾지 못한 베르사 대륙의 다섯 번째 조각술 마스터 데이크람.
 그의 흔적이 이곳에 닿아 있었던 것이다.
 위드는 잠시 고민하다가 탑으로 올라가 보기로 했다.
 '콜 데스 나이트!'

부리를 가늘게 떨면서 중얼거렸음에도 데스 나이트 반 호크는 등장했다.

"주인, 이제는 희한한 모습을 하고 있군. 잘 어울린다."

"째애액!"

위드는 데스 나이트를 앞세워서 탑으로 들어갔다. 문도 만들어져 있지 않은 탑이라서 밖에서도 내부가 보였다.

딱히 위험한 구석은 보이지 않지만 혹시 모를 사태에 대비해서 데스 나이트부터 앞세우는 유비무환의 정신.

각 층마다 조각사들이 만든 무섭게 생긴 몬스터들이 눈을 부라리고 공격 자세를 취하고 있었다.

조각품이지만 실제처럼 위협적으로 보일 정도였다.

세월의 흔적 때문에 먼지가 두껍게 쌓여 있고, 지진으로 인해 지반이 흔들린 탓인지 탑도 미세하게 옆으로 기울어진 상태였다.

'몬스터들의 숫자가 굉장히 많군. 예전에 살았던 몬스터일까?'

몬스터 박람회라고 해도 과언이 아닐 정도로, 이름도 붙여지지 않은 몬스터들이 많았다.

곤충이나 바다 생물부터 대형 몬스터들까지 다수!

각 왕국들의 병사와 기사, 귀족 들을 실제처럼 생생하게 조각해 놓기도 했다.

탑의 꼭대기에는 로야닌이 만든 작은 불의 거인도 있었다.

조각된 지 아주 오랜 시간이 지났지만 영원히 타오르는 금속인 카스탈로 만들어서 여전히 그대로였다.

수많은 조각품들이 있는 조각사들의 유산, 폐허의 탑에는 적막감이 흐를 뿐 살아 있는 조각사는 없었다.

대신 다수의 걸작과 명작 그리고 4개나 되는 대작 조각품이 남아 있는, 조각사들에게는 더없이 위대한 장소였다.

오래된 역사 속의 조각품들을 감상하면서 위드의 예술 스탯도 총 189개나 올랐다.

조각술 스킬의 숙련도도 8%가 증가했다.

조각사들의 유산을 발견한 엄청난 보상이었다.

'데이크람이 남긴 조각술의 비기가 어쩌면 이 근처에 있을지도 모르겠군.'

아쉽게도 폐허의 탑을 샅샅이 뒤져 보았는데도 데이크람이 만든 조각품은 찾을 수 없었다. 하지만 다섯 번째 조각술의 비기 그리고 광석들과 금속들을 위해서라면 지골라스는 꼭 한번 와 볼 만한 장소였다.

위드는 조각사들이 유산으로 남긴 탑을 나와서 다시 지골라스를 돌아다녔다.

조각사들이 탐험하다가 만들었을 조각품들이 가끔 발견되었다.

그러나 용암과 몬스터들에 의해서 손상되어 원래의 모습

을 가늠하기란 무리였다.

몬스터들과의 안전거리를 유지하기 위해 공중을 비행하는 상태로는 데이크람이 만들었을 조각품을 찾아내기가 힘들었다.

'그래도 조각품들의 길, 조각사들이 향했을 경로가… 조금은 보인다.'

위드도 쉬지 않고 조각을 해서 자잘한 조각품들을 많이 만드는 편이었다.

물론 자신이 만든 조각품들을 꼼꼼하게 챙겨 놓는 것은 필수.

작품에 대한 애착이 강하다기보다는 푼돈이라도 받고 팔기 위해서였다.

지골라스에 도착한 조각사들도 이동할 때마다 조각품을 만들었는지, 땅이나 바위 등에 새겨진 미세한 흔적들을 통해서 그들이 향했을 경로를 대충은 알 수 있었다.

이 땅 자체가 사라지지 않는 한 영원히 사라지지 않을 발자취들!

조각사들은 지골라스에서 세 번째로 큰 봉우리, 드레이크나 혼돈의 전사 등으로 인해서 까마귀로서도 가까이 다가가기 위험한 산의 협곡 부근으로 이동했다.

그곳에는 정말 오래된 버팀목으로 받쳐진 폐광인지 던전인지 알 수 없는 입구가 있었다.

'일단 조각사들은 여기로 향한 것 같고······.'

세심하게 돌아다닌 덕에, 아르메니아 해적단의 흔적도 찾아낼 수 있었다.

항해에 대해서 무지한 상태라면 더 알기 힘들었겠지만, 지골라스까지 오는 해도를 바탕으로 수색 범위를 좁혔다.

'얼지 않는 강으로 온 게 아니라면 빙하 지역에서 상륙해서 걸어왔겠지.'

지골라스와 빙하 지역 경계선 상공에서의 정찰!

공중은 엄청나게 추워서 부리와 날개에 서리가 앉을 정도였지만 꾹 참고 꼼꼼하게 정찰했다.

그 덕에 빙하 지역에 남아 있는 인간의 흔적을 확인할 수 있었다.

군데군데 몬스터들의 이동으로 흔적이 헝클어져 있거나 눈이 덮여 있는 경우도 많았다. 하지만 다수의 인간들이 지나가면서 많은 발자국을 남겨 놓았고, 얼어붙은 해적용 검도 떨어져 있었으니 명백한 증거!

'아르메니아 해적단은 저곳을 통해서 왔겠군.'

해적단이 지골라스로 들어오고부터는 흔적들을 알아보기가 어려웠다. 눈이 없는 지형에는 따로 남아 있는 것이 없었기 때문이다.

하지만 여러 차례 근방을 날아 본 결과 아르메니아 해적단들의 해골을 찾아내고, 최후로 유품을 남겨 놓은 장소에도 도착했다.

　해적단은 지골라스에서 일곱 번째로 높은 봉우리로 향하다가 대부분이 죽은 것 같았다. 오래된 잡템들이 몬스터들이 머무는 근처에 버려져 있었던 것이다.

　'빙하 지역에서부터 일직선으로 이동한 것으로 봐서는 목적지를 정하고 온 것이군. 그렇다면 이들도 근처 어딘가로 오려고 했다는 뜻일 텐데.'

　대충 보기만 할 뿐이지 접근은 불가능했다. 몬스터들이 너무 많았기 때문이다.

　위드는 일단 금인이와 누렁이가 있는 장소로 돌아와서 다시 해골로 조각 변신술을 펼쳤다.

　"금인아."

　"골골골, 주인, 왜 또 부르나?"

　"내가 널 가장 믿는 것 알지?"

　"그랬나?"

　오랜 방치의 결과인지 금인이와의 친밀도가 많이 떨어져 있었다.

　"전투준비를 갖춰라. 콜 데스 나이트!"

　"주인, 언제든 싸우고 싶다."

　데스 나이트도 소환.

　누렁이를 타고 금인이와 데스 나이트를 호위로 삼으니 네

크로맨서로서의 기본적인 구색은 갖췄다.

"스킬 확인!"

> **언데드 소환 중급 7(65%)** : 시체를 활용해서 언데드를 만들 수 있다. 언데드의 종류와 숫자는 스킬의 레벨과 사용되는 시체에 따라 다르다.
> 1단계 언데드 소환에 대한 이해도 1,187.
> 2단계 언데드 소환에 대한 이해도 450.
> 3단계 언데드 소환에 대한 이해도 11.

> **시체 폭발 중급 3(41%)** : 시체를 폭발시켜서 주변을 파괴하는 매우 강력한 마법.

> -현재 조각 변신술을 펼치고 있습니다.
> 대상으로의 스탯과 스킬의 변환은, 기존에 가지고 있던 스킬의 레벨과 숙련도를 바탕으로 상당한 페널티가 부여됩니다.
> 조각품에 대한 이해 스킬이 고급 3레벨로 상당한 혜택이 부여되어 있습니다.

그 외에도 각종 저주 마법과 호위 골렘 제작도 있었다.

"언데드 소환이 중급 7레벨이라니 괜찮군."

위드의 조각 변신술은 그 대상에 걸맞게 최대한 바뀌는 것이었다.

조각품에 대한 이해 스킬 덕분에 기존에 가지고 있던 주요 공격 스킬들이 상당히 낮아지고, 언데드 소환 등 네크로맨서 계열 스킬들이 늘었다.

"슬슬 사냥을 해 봐야겠군."

위드는 가장 만만한 데스 나이트부터 앞세웠다.

"내게는 형제나 다름이 없는 믿음직스러운 반 호크, 네가 가라."

"알겠다, 주인."

데스 나이트는 두말하지 않고 성큼성큼 그늘을 향해 걸었다.

위드의 기존 사냥법은 데스 나이트와 같이 싸움의 선두에 서는 것이었다.

"데스 나이트에게 맡기고 뒤에서 싸우는 건 익숙하지 않은데……. 큰일이군."

네크로맨서이니 직업의 특성을 살려야 된다.

뒤에서 저주를 퍼붓고 시체를 일으키기!

"암흑 투기!"

데스 나이트의 몸이 특유의 오러를 발산하며 테어벳들이 숨어 있는 그늘로 뛰어들었다.

췌에엑!

끼에에엑!

어두운 그늘에서 갑자기 나타난 테어벳들이 데스 나이트를 공격하기 시작했다.

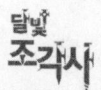

테어벳은 레벨 300대 후반 정도로, 살이 토실토실하게 올라 있는 박쥐처럼 생겼으며 집단생활을 한다.

위드는 테어벳들이 5마리나 6마리 정도 될 줄 알았지만, 무려 23마리 가까이 튀어나왔다.

"주인님의 명령이다. 너희를 암흑 군단의 병사들로 쓰겠다!"

데스 나이트는 사방으로 검을 휘둘러 테어벳들의 접근을 막으며 공격을 퍼부었다. 그러나 불규칙한 날갯짓을 하는 테어벳들이라 혼자서 일일이 상대하기는 무리.

테어벳들이 금방 데스 나이트의 몸에 달라붙었다.

끈끈한 점액질의 침을 내뱉으며 데스 나이트의 활동에 장애를 주었다.

독성이 있는지는 모르지만, 언데드인 데스 나이트에게는 육신까지 녹여 버리는 강력한 독이 아니고서야 소용이 없다.

위드는 그때까지 관찰을 하고 나서 고개를 끄덕였다.

"매우 어렵지만 잘만 싸운다면 잡을 수 있겠군."

테어벳들이 너무나도 강력하다면 데스 나이트를 내버려 두고 도망칠 속셈이었던 것이다.

'물리적인 공격력은 레벨에 비해서 꽤 약한 것 같아. 데스 나이트의 방어력 정도를 감안한다면, 활동을 억제하는 침 공격이나 맞히기 어려울 정도로 빠른 움직임만 경계하면 버틸 수 있다.'

조각사들의 유산

공격이 어려울 정도로 현란하게 움직이는 테어벳들이 너무 많다는 점은 일단 부담이었다.

암살자나 모험가, 탐험가, 도굴꾼, 도둑 등이 탐색 스킬을 쓰지 않는다면 다 발견할 수 없을 만큼, 숨어 있는 테어벳들이 너무 많았다.

미끼로 던져 놓은 데스 나이트가 역소환되기 전에 전투에 참여해야 한다.

위드가 타락한 성자의 지팡이를 흔들며 주문을 외웠다.

"너희의 육체를 통해 언데드를 만들 것이다. 너희는 영원히 내 손을 벗어나지 못하리라. 네크로맨서의 선언!"

-네크로맨서의 선언을 사용하셨습니다.
 언데드를 만들 때의 효과가 15% 증가합니다.
 대상들의 신체적인 능력이 10% 저하됩니다.
 대상들의 정신적인 고통이 10% 증가합니다.
 대상들의 네크로맨서에 대한 적개심이 커집니다.

네크로맨서의 신언.

본격적인 싸움을 앞두고 시전하면 네크로맨서 계열 마법의 효과를 늘려 주는 고유한 기술.

일부 테어벳들이 위드를 향해 고개를 돌릴 때에도 데스 나이트는 심하게 공격을 당하고 있었다.

테어벳들이 10마리도 넘게 몸에 달라붙어서 물어뜯고, 꼬리의 침을 쏘고 있었던 것이다.

위드의 턱뼈가 따다다닥 소리를 내며 부딪쳤다.

"어둠이 깊게 내린 자리에서는 자신조차도 느끼지 못하리라. 편협한 시야! 영원처럼 내린 혼란과 운명적인 괴로움에서 빠져나오지 말라. 끝나지 않는 고통! 깊은 새벽에도 잠들지 못한 것처럼 피곤하고, 졸리고, 눈이 따갑고, 하품만 계속 나오리라. 피로 증가! 몸속 구석구석이 간지러워져라. 피부병 발생! 시체가 썩어 문드러져서 나오는 부패한 공기, 산 자들이 마실 수 없도록 넓게 퍼져라. 독 안개 소환!"

엄청난 수다와 더분 저주 마법의 연속적인 발현.

위드가 순간적으로 발휘한 저주 마법들은 애국가를 4절까지 단숨에 읽어 내리는 수준이었다.

저주 마법들을 쓰기 위해서는 일정한 준비 시간과 함께 정확한 주문, 마나의 운용이 필요하다.

위드의 저주 마법에는 1초의 머뭇거림도 없었다.

전투 중에도 조각 생명체들을 향해 퍼붓곤 하던 심한 잔소리가 저주 마법에 도움이 된 셈.

저주 마법들에도 딜레이가 있었지만, 상성이 비슷한 것들을 연결해서 사용했다.

연속으로 마법을 사용하다 보면 집중력이 상당히 떨어진다. 마법의 위력이 약해지는 건 물론이고 마법 주문이 실패하는 경우도 있었는데, 축복 덕분인지 저주 마법들이 모두 제대로 걸려들었다.

저주에 걸린 테어벳들이 눈에 띄게 약화되었다.

위드가 길게 숨을 돌릴 즈음에는 데스 나이트의 일격에 제대로 얻어맞아 죽은 최초의 테어벳이 나왔다.

위드는 머뭇거릴 틈도 없이 바로 주문부터 시전했다.

"시체 폭발!"

콰과과광!

테어벳의 시체가 폭발하면서 파편이 사방으로 튀었다.

네크로맨서 최강의 공격 기술이라고도 할 수 있는 스킬이었다.

폭발이 일어나면서 데스 나이트에 붙어 있던 테어벳 떼가 치명상을 입고 나가떨어졌다.

데스 나이트도 폭발의 범위에 들어갔지만, 오히려 몸에 달라붙어 있던 테어벳들이 완충 역할을 해 줘서 피해가 적었다.

-마법의 사용으로 인하여 집중력이 심하게 떨어졌습니다.

위드의 눈앞이 갑자기 뿌옇게 어른거렸다.

지식과 지혜가 매우 높은 리치라고 해도 너무 짧은 시간에 지나치게 많은 마법을 사용한 대가였다.

체체첵!

테엣!

테어벳들이 이제 새로운 적에 대한 적개심으로, 목표를 위드로 바꾸었다.

2마리만이 데스 나이트를 상대하고 나머지들은 날갯짓을

하며 몰려오고 있었다.

저주의 효과로 인해 활동이 눈에 띄게 느려지고, 방향을 잘못 잡고 저희끼리 부딪치기도 했지만, 공중에서 위아래로 움직이며 현란하게 날아들었다.

"금인아, 화살을!"

"골골골!"

금인이가 테어벳 무리를 향해서 연속으로 화살을 쐈다.

임대해 준 하이 엘프 예리카의 활!

화살이 적중되자 정령들이 나타나서 물을 뿌리고 돌개바람을 일으켜서 테어벳 무리를 저지한다.

정령들이 활약하는 아름다운 광경이지만, 테어벳들은 그런 저항마저도 돌파하고 불과 6미터 앞에서 접근하려 하고 있었다.

"황금새, 너도 어서 싸워라!"

황금새는 들은 척도 안 하고 깃털만 골랐다.

위드는 아직 황금새와 친해지거나 인정을 받지 못했다. 그렇기 때문에 전투에 도움을 주려고 하지도 않는 것이다.

금인이가 황금 다리를 크게 들었다가 땅에 내려찍었다.

"골골이 불!"

땅에서 불꽃이 솟구쳐 오른다.

화염의 속성을 가지고 있고 무제한의 불을 일으킬 수 있는 금인이에게 지골라스는 전투 능력을 최대로 발휘할 수 있는 전장.

단, 심한 불을 일으켰을 때에는 금인이 본인도 녹아 버릴 수가 있다.

금인이는 철저하게 자기 안전을 지키는 주의였기에 테어벳의 전진 경로에만 불을 피웠다. 하지만 테어벳들은 그대로 전진하며 불을 뚫었다.

지골라스에서 사는 몬스터였기에 불에 대한 내성도 매우 강한 편인 것이다.

일부 테어벳들은 연속된 충격에 피해가 컸던지 화염에 휩싸여서 땅에 떨어졌지만, 금방 아무렇지도 않은 듯이 날아올랐다.

15마리도 넘는 적들이 위드와 금인이를 향해 날아오고 있었다.

위드는 테어벳들이 다가오는 순간 금인이부터 옆으로 밀쳐 냈다. 그리고 지팡이를 휘두르며 테어벳들을 견제했다.

위드의 검술은 상당히 정확한 편. 하지만 과도한 마법의 사용으로 눈앞이 아른거려 현란하게 이동하는 테어벳들을 모두 맞히기란 어려웠다.

더구나 지금은 검술 스킬이 언데드 소환이나 저주 마법 등으로 변해 있다.

종족도 리치였기에 전투에서의 힘이나 민첩은 크게 낮아서 무기에 실린 위력이 크지 않았다.

퍼버버벅!

테어벳들은 지팡이에 맞아도 튕겨 나가지 않고 날아와서 찐득찐득한 침을 뱉었다.

> -행동이 봉쇄됩니다.
> 이동속도가 80%까지 감소합니다.
> 움직일 때 필요한 힘이 95% 증가합니다.

테어벳들의 집중 공격을 받으며 육체적으로는 저항하기 힘든 상태가 되어 버린 위드!

근접전에 취약한 네크로맨서로서는 최악의 상황에 직면하고 만 것이다.

테어벳들이 위드를 향해 씨앗 같은 것을 뱉었다.

> -라이몬드 꽃씨가 심겼습니다. 빨리 제거하는 편이 좋을 것입니다.

> -라이몬드 꽃씨가 심겼습니다. 빨리 제거하는 편······.

> -라이몬드 꽃씨가······.

수십 개의 붉은 씨앗 같은 것들이 위드의 몸에 붙었다.

위드도 테어벳의 이런 공격에 대해서는 알지 못했기 때문에 어찌 대응할 수가 없었다.

-라이몬드 식물이 성장합니다.
지골라스의 특수 식물로, 생명체의 영양분을 흡수하며 매우 빨리 자라는 특성을 가지고 있습니다.

 손가락으로 떼어 내려고 했지만 옷과 뼈에 딱 달라붙어서 떨어지지 않았다.
 불과 5, 6초 만에 꽃씨들이 쑥쑥 커졌다.
 위드의 생명력을 양분으로 먹으면서 안으로 뿌리가 자라고, 밖으로는 줄기가 쭉쭉 솟아올랐다.
 그리고 화려하고 멋진 꽃을 피웠다.

-테어벳이 심은 라이몬드 꽃이 만개했습니다.

 각각의 씨앗마다 푸른빛, 노란빛, 분홍빛 등 여러 가지 색깔의 꽃이 피었다. 꽃잎과 긴 수술에서는 꿀처럼 달콤하고 상쾌한 향이 퍼졌다.
 과과과과과광!
 그리고 폭발!
 위드의 생명력이 정신없이 줄어들었다.
 비록 이곳 지골라스에서는 약한 축에 속하는 테어벳들이라 할지라도 싸워서 이기지 못한다면 시체를 얻지 못한다.
 네크로맨서의 장점을 살리지 못할뿐더러 지골라스에서는 할 게 없게 되어 버렸다.

하벤 왕국 제2함대의 함장 드린펠트!

헤르메스 길드의 해군 제독이기도 한 그는 항구를 출발해서 네리아해의 입구로 향했다.

"이피아 섬에 나타난 유령선 함대, 그리고 리치가 위드일 가능성이 높다는 보고라……."

드린펠트는 해군의 정복을 입고 깃털이 꽂혀 있는 모자와 날렵한 검을 허리에 차고 있었다.

"어떤 퀘스트를 진행하고 있다는 데에는 의심할 여지가 없군!"

드린펠트는 콧수염을 매만지면서 생각했다.

그는 마법의 대륙을 한 적이 없어서, 예전의 위드에 대해서는 소문으로 듣기만 했다.

그럼에도 로열 로드에서 보여 준 위드의 퀘스트나 전투는 상당히 피를 끓게 만드는 부분이 있었다.

"하지만 진정한 바다 사나이는 아니지. 바다에서 바다를 모르는 놈을 잡는 것은 아주 쉽다."

위드가 어떤 퀘스트를 진행하든 간에 상관없었다.

하벤 왕국의 제2함대, 37척의 대형 범선들을 끌고 나왔으니 단단히 쓴맛을 보여 주기만 하면 된다.

"로열 로드에서 최초로 위드를 잡는 것은 내가 될 것이다."

드린펠트도 레벨에 따른 서열이 1,200위 정도에 있는 랭커!

해군에 대한 지휘력을 위주로 성장시켰지만 일대일 결투에 있어서도 패배를 모르는 강자였다.

"꼴꼴꼴!"

일부러 의도한 것은 아니지만 금인이를 밀쳐 낸 것은 떨어져 있던 친밀도를 복원하기에 충분한 행동이었다.

'주인님이 자신의 목숨보다도 나를 우선해서 돌봐 주고 있어.'

위드는 조각 생명체들을 과로는 시켜도 함부로 망가트리진 않았다.

금인이는 재료값으로 인해 와이번이나 빙룡보다도 더 아꼈다.

그 마음이 찰나의 순간에 금인이를 살리는 선택으로 나온 것이다.

"주인, 조금만 참아라!"

음머어어어!

금인이는 위드를 구하기 위해 누렁이와 함께 테어벳들에게 달려들었다.

데스 나이트도 만신창이가 된 채 2마리의 테어벳들을 죽음으로 몰아넣는 중이었다. 데스 나이트의 레벨이 훨씬 높지만 움직임이 빠르고 좌우로 빙빙 도는 테어벳들을 처치하기란 쉽지 않은 것이다.

대부분의 테어벳들은 위드를 집중적으로 공격했다.

저주 마법에 네크로맨서의 선언, 시체 폭발은 살아 있는 생명체들로 하여금 극심한 적개심을 갖게 만들기 때문이었다.

놈들이 라이몬드 꽃씨를 뱉기만 하면 위드는 땅바닥을 굴러서라도 피했다.

조각사들의 유산이나 대지의 여신이 베풀어 준 축복이 없었더라면 일찌감치 전투 불능 상태가 되었을지도 모를 수준이었다.

할퀴고 쪼는 공격은 지팡이를 휘둘러 간신히 버텨 냈다.

그때 어깨에 내려앉은 테어벳이 악독한 얼굴로 위드의 목뼈를 주둥이로 물려고 했다.

"스톤 스킨!"

절묘한 순간 발휘한 방어 스킬.

영웅의 탑에서 얻어서 웬만한 물리 공격에 대해서는 엄청난 방어력을 가진 기술이었다.

콰악!

뼈에 박힌 송곳니.

췌에?

테어벳은 돌을 씹은 듯 단단한 느낌이 이상한지 고개를 갸우뚱하면서도 계속 깨물었다.

다른 테어벳도 2마리나 달라붙어서 이빨로 깨물었다.

'차라리 다행이군.'

깨무는 동안에는 폭발하는 꽃씨를 심지 않을 테니 숨이라도 돌릴 수 있었다.

위드는 고통을 느끼면서도 자유로운 왼손으로 테어벳의 몸통을 잡았다.

"라이프 드레인, 마나 드레인!"

다른 테어벳들이 더 맹렬히 달라붙어서 깨물고 쪼았다.

위드는 아예 두 팔을 동시에 써서 테어벳들을 잡았다. 생명력과 마나 흡수로 버티려는 것이다. 지팡이를 휘두르는 건 공격력이 너무 약했고, 방어도 제대로 되지 않는다.

그런데 테어벳에게 물어뜯겨 잃어버리는 생명력이 더 많아서 죽어 가고 있었다.

눈빛이 약해지고 목숨이 경각에 달한 순간 떠오른 것은……

'아이템! 시체 폭발을 시켜서 아이템도 얻지 못했는데……'

줍지 못한 아이템에 대한 원통함.

죽음을 거부할 수 있는 힘으로 되살아나면 테어벳들에게 복수를 해 줄 수 있으리라.

음머어어어어어어어!

그때 갑자기 누렁이가 포효하는 소리가 들리더니, 돌진해

서 위드와 테어벳 떼를 한꺼번에 들이받았다.

황소의 돌진으로 인해서 위드는 나가떨어졌지만, 그 덕에 테어벳들의 공격은 잠시나마 피할 수 있었다.

위드는 두 손에 테어벳 1마리씩을 잡고 생명력과 마나를 계속 흡수했다.

여러 테어벳들이 이제는 누렁이에게도 달라붙었다.

그야말로 둘 다 땅바닥을 구르며 테어벳들에게 죽기 직전의 상황!

"주인!"

금인이는 언제 꺼낸 것인지 푸른 사파이어를 들고 있었다.

"보석 파괴!"

산산조각이 난 사파이어.

금인이는 사파이어에 깃들어 있는 광물의 힘을 이용하여 빙계 마법을 실현시켰다.

"사파이어 오브!"

먼지처럼 잘게 부서진 사파이어 조각들이 바람을 타고 사방으로 날렸다.

그리고 푸른빛과 얼음 조각들로 변해서 테어벳들을 강타!

"꽤애애액!"

위드와 누렁이, 데스 나이트도 사파이어 조각들에 휩쓸렸다.

먼저 저지르고 보는 건 주인의 행동을 고스란히 닮은 금인이였다.

> -결빙되셨습니다.
> 1초에 190씩의 생명력이 감소합니다.
> 체력이 급속도로 줄어들지만, 언데드 상태라서 해당되지 않습니다.
> 이동 불가능!
> 마법 주문 불가능!
> 무기를 사용할 수 없습니다.

금인이의 마법은 테어벳들에게도 심각한 타격을 입혔다.

비행을 하는 테어벳들에게는 결빙으로 인한 속박이 심각했다.

위드가 펼친 저주들이 중첩된 마당에 결빙까지 되다니!

지골라스에서 사는 테어벳들은 빙계 마법에 대한 저항력이 전혀 없었다. 하지만 위드의 몸에 달라붙어서 물고 있는 끈질긴 4마리의 테어벳들은 떨어질 줄을 몰랐다.

위드도 오히려 이것을 반겼다.

'이판사판이다.'

결빙되어서 따로 전투에 참여할 수도 없는 처지였기에 몸에 달라붙은 테어벳들과 싸워야 했다.

"라이프 드레인, 마나 드레인!"

물고 물리는 관계.

생명력은 높아도 방어력이 약한 편으로 알려진 리치였기에, 엄청난 인내력과 맷집이 아니었더라면 물어뜯고 있는 테

어벳들의 집중 공격으로 죽어 버렸으리라.

하지만 생명력을 흡수하면서 스톤 스킨으로 끈질기게 버텼다.

웬만한 워리어를 능가하는 방어력으로, 박쥐 떼에 물리면서도 버티고 있는 위드!

그사이에 훨씬 약화된 테어벳들을 데스 나이트와 금인이가 나누어서 1마리씩 처치했다.

누렁이는 얼어붙은 테어벳들을 네발로 마구 짓밟았다.

그렇게 위드의 생명력이 줄어들고 있을 때였다.

―테어벳의 괴롭힘으로 인해 인내력이 2 상승하셨습니다.

―많은 타격으로 인해 맷집이 1 상승하셨습니다.

생명력이 5% 정도밖에 남지 않았을 때에 늘어난 스탯들!

맷집 등을 늘리기 위해서는 항상 목숨을 걸어야만 했다.

데스 나이트와 누렁이, 금인이의 활약으로 인하여 멀쩡하게 남아 있는 테어벳은 8마리 정도였다.

위드의 생명력은 5%에서 8%를 오가고 있었고, 마나는 넘쳐 났다.

지골라스가 워낙 후덥지근하고 더운 지역이었기 때문에 결빙도 해제되고, 집중력도 정상으로 회복되었다.

물론 테어벳들도 마찬가지겠지만 상황은 바뀌었다.

네크로맨서들에게는 어떤 싸움이든 처음이 어려운 것.
위드가 승리의 쾌감으로 썩은 미소를 흘리며 마법을 외웠다.
"너희가 살아서 움직이던 땅으로 돌아오라. 이곳은 어두운 곳. 검고 부패한 땅. 영영 사라지지 않을 암흑의 율법을 모든 이들에게 새길 수 있도록 하라. 언데드 라이즈!"
땅에 쓰러져 있던 테어벳들이 언데드로 변해서 날아올랐다.
날개가 부러지고 목이 꺾인 테어벳들은 살아 있을 때의 절반 정도의 생명력과 3할 정도의 공격력 그리고 방어력을 가지고 언데드로 되살아났다.
위드의 몸에 붙어 있던 지친 테어벳들이 데스 나이트와 언데드들에 의해서 제거되고, 곧 그들도 언데드로 바뀌었다.
싸움이 끝나고 나니 잡은 테어벳이 무려 25마리나 되었다.
그중에서 24마리를 언데드로 만드는 데 성공한 것이다.
위드는 언데드 테어벳들을 공중에 3열 종대로 세웠다.
"너희의 군주는 나다. 나는 너희에게 피와 살을 주었고 내 허락 없이는 죽을 수도 없으니 영원히 복종하라. 영혼의 복종!"

―언데드들의 최대 생명력이 15% 증가합니다.
조금 더 기민한 움직임을 보입니다.
네크로맨서의 명령에 절대적으로 따르게 됩니다.

언데드 축복 마법까지 든든하게 사용해 주었다.

네크로맨서의 진정한 전투는 지금부터라고 할 수 있었다.

위드는 데스 나이트와 언데드 테어벳을 앞세워서 몬스터가 있을 만한 다른 그늘로 향했다.

테어벳들 15마리가 습격을 가했지만, 숫자도 적고 조금 전 고전하던 것과는 상황이 매우 달라졌다.

"싸워라. 내 적은 너희의 적!"

위드는 전투를 지시하고 곧장 뒤로 빠졌다.

전투를 구경하면서 저주와 공격 마법을 적당히 퍼붓는다.

언데드들이 쓰러질 때마다 소환 마법도 펼쳐서 다시 일으켰다.

데스 나이트도 훨씬 자유로워져서, 파괴력 강한 검술 스킬들로 테어벳들을 헤집어 놓았다.

금인이가 적절하게 지원해 주는 화살 공격에 힘입어 테어벳들이 1마리씩 언데드로 변했다.

기존에 가지고 있던 24마리의 언데드 테어벳들은 전투 중에 한 번이나 두 번 쓰러졌지만, 다시 일으켜서 멀쩡해졌다.

무한 회복과 재생산이 가능한 직업이 네크로맨서인 것이다.

위드는 다섯 차례의 싸움을 더 하면서 언데드 테어벳의 숫자를 89마리까지 늘렸다.

직접 사냥하는 것보다 경험치는 훨씬 적게 받았지만 사냥

속도가 다르다.

집단을 몰고 다니면서 두들겨 패는 방식이 네크로맨서의 사냥법인 것.

"주군께 영광을 바칩니다."

"주군을 위해 검을 들겠습니다."

일부 테어벳의 시체는 모아서 스켈레톤 메이지와 스켈레톤 나이트로 소환했다.

이제 작지만 언데드 군단이라고 부를 수 있는 구색은 갖추었다.

"좀비들도 소환해야겠군."

다음 테어벳과의 전투에서는 시체들을 모아서 구울과 좀비를 만들었다.

구역질 나고, 어슬렁거리면서 느리게 걸어 다니지만 높은 방어력을 가지고 있고 산성 독을 뿌리기 때문에 네크로맨서들은 좀비들을 특별히 애용했다.

언데드들은 조합이 매우 중요했다.

죽은 시체를 그대로 되살려서 쓰는 테어벳들만 가지고는 최고의 효율을 보일 수가 없는 것이다.

하룻밤 동안 사냥을 지속하면서 위드가 거느린 언데드 군단은 엄청나게 증가했다.

테어벳 89마리, 스켈레톤 메이지 55마리, 스켈레톤 나이트 20마리, 좀비 40마리, 구울 5마리.

언데드들을 유지하는 데에도 일정한 마나가 들어갔지만, 테어벳이 아닌 좀비나 구울, 스켈레톤 메이지, 스켈레톤 나이트들은 싸구려라서 얼마든지 일으킬 수 있다.

마나 회복 속도를 10% 늘려 주는 패로트의 링을 손가락에 다 차고 있고, 마나의 최대치 55% 증가, 마나 회복 속도도 20%나 늘려 주는 니플하임 제국의 보물인 바하란의 팔찌도 착용.

결정적으로 대지의 여신의 축복으로 인하여 40%나 되는 추가적인 마나 회복 속도가 부여되었다.

언데드 군단을 유지하고도 충분할 정도의 마나였다.

사냥을 시작하고 나서 하루 만에 27%의 경험치를 올려서 레벨을 한 단계 올렸다.

그다음 날에도 29%나 되는 경험치를 모았다.

예전에도 잠깐 근원의 스켈레톤이 되었을 때 언데드 소환 스킬을 쓴 적이 있지만, 진정한 네크로맨서로서의 사냥은 이번이 처음이었는데 완벽하게 적응한 모습이었다.

구구구.

하지만 황금새는 네크로맨서로 언데드를 끌고 다니는 위드가 마음에 들지 않는지 멀리 떨어져서 앉아 있기만 했다.

위드가 움직이면 억지로 따라오기만 하는 모습이었다.

서윤의 도착

"언데드 군단을 지금보다 3배 정도 더 늘릴 수 있겠어. 유지하는 데 마나가 거의 들지 않는 스켈레톤 부대라면 훨씬 더 많이 늘릴 수 있겠지."

위드는 필요할 때면 리치의 마나 흡수 스킬까지 이용할 수 있으니 호랑이가 날개를 단 셈!

하지만 무작정 숫자를 늘리기 위한 욕심은 내지 않았다.

싸구려 스켈레톤들이 늘어난다고 하더라도 사냥 속도가 무한정 빨라지지는 않는다.

언데드들을 정비하는 데에도 약간의 시간이 필요하고, 다음 사냥터를 탐색하고 이동하는 데에도 시간이 필요하다. 중간에 쓰러진 언데드도 일으켜야 되고, 저주나 공격 마법도 펼쳐야 했다.

"활용도가 높은 스켈레톤 메이지 위주로 늘려 놔야겠어."

―레벨이 올랐습니다.

위드는 밤낮을 가리지 않고 사냥해서 또 1개의 레벨을 올렸다.

지골라스에는 넘치는 게 몬스터였다.

밤에 30% 강해지는 달빛 조각사의 혜택은 조각 변신술로 본모습을 바꾼 후에는 그대로 적용되지 않았다. 하지만 리치의 저주 마법과 흑마법이 밤에는 더 큰 위력을 발휘했으니 나쁜 것도 아니었다.

"드디어 레벨이 370이 됐군."

퀘스트를 하고 조각품에 생명을 부여하느라 항상 정체되어 있던 레벨이 사냥을 통해 오르고 있었다.

지골라스에 있는 몬스터들의 수준이 워낙 높아서 조각사나 검사, 기사 들은 버티기 어렵지만 네크로맨서에게는 최적의 사냥터인 셈.

하지만 마냥 좋은 일만 있는 것은 아니었다.

지골라스에서는 거대한 지진이 종종 일어났다.

"또 시작인가?"

큰 지진이 일어날 때마다 위드는 금인이, 언데드들과 함께 비교적 안전한 평지로 재빨리 몸을 피했다.

쿠르르르르르.

균형을 잡기 어려울 정도로 연속으로 땅이 흔들리고, 테어벳과 볼라드, 혼돈의 전사 들이 서식지에서 뛰쳐나왔다.

드레이크들은 화산 근처를 피해서 사방으로 날아갔다.

공중과 지상에서 몬스터들이 일제히 대피하는 것은 장관이기도 했지만 엄청나게 무서운 광경이었다.

예전에는 본 적이 없던 두더지처럼 생긴 몬스터들도 땅에서 튀어나와서 먼 곳으로 도망쳤다.

몬스터들이 공황에 빠진 것처럼 행동하며, 지진도 금방 잦아들지 않았다.

발끝을 타고 흐르는 진동이 커질수록 긴장감 또한 점점 높아지는 순간이었다.

금인이가 말했다.

"골골골, 땅에서 열기가 치솟고 있다."

"여긴 원래 뜨겁잖아."

"그게 아니다. 열기가 저 산 아래에서 땅을 뚫고 올라오고 있다."

"그러면 설마……."

콰아아아아아!

마침내 북쪽에 있는 큰 산에서 시커먼 연기와 함께 용암이 거꾸로 솟구쳐 오른다.

"화산 폭발이다!"

베르사 대륙의 장관!

빙설의 폭풍에 이어 화산 폭발까지!

불덩어리들이 지골라스의 이곳저곳에 떨어졌다. 큰 바위들이 녹아내리고, 몬스터들이 타 죽었다.

"물러나라! 피해라!"

위드는 언데드 군단에 지시를 내리고 최대한 강가로 붙었다.

화산이 폭발할 때 함께 공중으로 치솟았던 바윗덩어리들이 화염과 함께 혜성처럼 떨어져서 일대를 파괴하고 있었다.

세상의 종말에나 볼 법한 끔찍스러운 광경이었다.

화산에서는 용암이 거꾸로 힘차게 치솟았다.

큰 바위산이 불덩어리에 맞아서 상부에서부터 처참하게 무너질 때의 충격!

현기증이 날 정도로 무서운 광경이었다.

땅이 갈라져서 독한 증기가 뿜어 나오고, 개천에서 용암이 흐른다.

위드는 언데드들과 함께 그저 얌전히 강가에 머물렀다.

불덩어리에 맞아 죽기라도 한다면 그보다 더 억울한 일은 없을 것이기 때문.

"불난 집 구경도 멀리서 해야지. 이 정도 불이라면 고구마도 못 구워 먹겠군."

화산 폭발을 보면서도 고구마 구울 생각을 하는 위드였다.

장장 2시간에 걸쳐서 지진과 화산 폭발로 인해 용암이 흘러나왔다.

 미처 재빨리 도망치지 못한 좀비나 구울 같은 언데드들은 불덩어리에 파괴되어서 숫자가 65마리나 줄었다.

 그런 후에 땅의 움직임이 안정되고, 붉은 물처럼 흘러내리던 용암이 검게 굳었다.

 테어벳들이 돌아오고 나서야 위드는 안심하고 강가 바위 뒤에서 고개를 들었다.

 언데드들과 금인이, 누렁이는 화산재로 인해 검댕이 잔뜩 묻어 초라한 몰골이었다.

 "베르사 대륙의 장관을 두 가지나 보다니, 지독하게 운도 없군."

 경치로 유명한 곳보다는 목숨 줄이 왔다 갔다 하는 장소만 골라서 걸리는 불운을 탓했다.

 위드가 끌고 다니는 언데드의 개체 수도 800을 넘겼다.

 잠깐 로그아웃을 했다가 다시 들어올 때에도, 일정량의 마나를 미리 투여해 놓으면 언데드들은 완전히 소멸되지 않고 기다리고 있었다.

 그늘 아래, 혹은 관 속에 숨어 있거나 무덤을 파고 기다리면 언데드들의 유지에 따른 마나 소모는 삼분의 일 이하로 줄었다.

"남은 축복의 기간이 열이틀. 이대로라면 충분히 3개 정도의 레벨은 더 올릴 수 있겠어."

레벨이 오르면서 마나의 양이 증가하고, 언데드 군단을 데리고 다니는 효율도 늘어나고 있었다. 사냥 속도는 날이 갈수록 빨라졌다.

그로부터 여드레가 지났을 때에는 2개의 레벨을 올리고도 39%나 되는 경험치를 더 모을 수 있었다.

대지의 여신의 축복 효과가 아까워서 밥만 먹고 잠도 최소로 자면서 사냥에만 집중한 덕분이었다.

테어벳들은 짭짤하기 짝이 없는 몬스터였다.

레벨은 300대였지만 그늘진 곳에 숨어 있다가 집단으로 습격을 하니, 멀리 돌아다닐 필요 없이 대량으로 사냥할 수 있다.

네크로맨서로서 얻을 수 있는 시체들도 많이 생겼던 것이다.

테어벳들은 죽으면 보석이라든가 마법에 적용되는 희귀한 수정들을 떨어뜨렸다.

땅의 기운이 강성한 지골라스에서는 보석들이 정말 많이 나오는 편이라서, 깨알만 한 크기의 작은 보석들을 잔뜩 획득할 수 있었다.

"볼라드도 잡을 수 있을까?"

조금 더 레벨이 높은 볼라드에 대한 욕심도 생겼다.

위드는 모험을 하기로 결심했다.

만약에 죽는다면 죽음을 거부할 수 있는 힘에 의해서 다른 언데드로 되살아나겠지만, 축복의 효과는 사라지게 된다.

"테어벳들은 이제 안정기에 접어들었어. 마나도 남는 편이니 볼라드도 잡아 봐야겠군."

지골라스에는 아직 위드의 레벨로는 범접도 못 할 몬스터들이 많았다. 레벨도 높고 까다로운 공격을 할 뿐만 아니라, 지형 때문에도 사냥이 힘들었다.

하지만 먹이사슬의 최하에 있는 테어벳들을 잡으면서 관찰하니, 볼라드가 슬슬 만만해 보였다.

테어벳들을 사냥하는 볼라드를 보면서 충분히 잡을 수 있을 거란 자신감이 붙었다.

위드는 사냥을 더 하면서 일시적으로 언데드 군단의 규모를 40%나 늘렸다.

너무 많은 마나를 사용한 탓에 마나의 여유분이 간당간당했지만, 일시적으로 언데드 군단을 늘리는 데에는 무리가 없었다.

"자랑스러운 나의 언데드 군단아, 저기 보이는 볼라드를 사냥하라. 짓밟아라. 그러면 내가 너희의 동료로 만들 것이다. 공격하라!"

위드는 바위 뒤에 숨어서 지시했다.

언데드들이 우르르 볼라드를 향해 달려들었다.

표범처럼 날쌘 볼라드가 지나간 곳에는 엄청난 화염이 일어났다.

언데드로 변하고 나서 불 저항이 약해진 테어벳들은 볼라드에게 쉽게 달라붙지 못했다.

볼라드가 펄쩍 뛰어서 구울과 좀비 들을 물어뜯으면 내부로부터 화염이 일어나서 육신을 태운다.

"하지만 싸움은 지금부터지."

볼라드들은 구울과 좀비 들이 가진 독에 중독되었다.

"본 쉴드!"

"본 애로우."

"에어 블러스터."

100마리도 넘는 스켈레톤 메이지들이 뼈로 된 장해물을 설치하고 마법 주문을 외웠다.

테어벳들도 볼라드에 달라붙고, 새로 소환한 스켈레톤 워리어와 스켈레톤 소드맨 등이 덤벼들었다.

위드가 사자후를 터트렸다.

"싸워라, 언데드들이여! 너희가 더 많다. 이 땅에 정의가 사라졌음을 증명하라! 힘과 무력이 전부인 세상. 더 많은 숫자로, 저 약한 놈들을 공격하라!"

볼라드들은 강하고 빨랐다.

하지만 위드의 저주와 스켈레톤 메이지들의 끝없는 마법 공격!

생명체인 이상 체력과 힘이 떨어진다.

위드의 언데드 군단 쪽도 스켈레톤 나이트와 구울 들이 480마리 넘게 소멸되었지만, 대기하고 있는 언데드는 900마리가 넘는다.

볼라드 1마리가 쓰러지고, 위드는 놈을 언데드로 일으켰다.

살아 있을 때와 비교해서는 훨씬 약했지만, 그럼에도 전투의 균형이 달라져서 볼라드들 4마리가 순식간에 죽었다.

- 경험치를 습득하셨습니다.

- 고위 몬스터를 되살림으로써 네크로맨서 스킬의 숙련도가 향상되었습니다.

- 1등급 재봉 재료 볼라드의 가죽을 얻으셨습니다.

"꽤 많은 언데드를 잃었군."

경험치 1.6%에 볼라드의 가죽 획득!

"연속으로 볼라드를 사냥하기는 어렵겠어."

위드는 테어벳을 사냥하면서 언데드를 늘리고, 다시 볼라드를 잡았다.

볼라드의 시체를 활용하면서부터는 부하로 쓰는 언데드들의 질도 좋아졌다. 테어벳보다 훨씬 높은 생명력과 힘을 가지고 있었던 것이다.

언데드로 변하고 나서 고유의 특성인 불을 다루지 못한다는 점이 아쉬울 뿐이었다.

-언데드 소환 스킬이 중급 8레벨이 되었습니다.
시체들을 소환하는 능력이 증가합니다.
더 많은 언데드들을 소환할 수 있으며, 고품질의 시체들을 다룰 수 있습니다.
1단계 언데드 소환에 대한 이해도 1,219.
2단계 언데드 소환에 대한 이해도 461.
3단계 언데드 소환에 대한 이해도 17.
4단계 언데드 소환에 대한 이해도 6.
언데드들의 최대 생명력과 공격력이 늘어납니다. 언데드 유지에 소모되는 마나의 양이 조금 감소합니다.

언데드 소환의 효과도 늘어나고 새로운 스킬도 획득했다.

4단계 언데드 소환 마법은 애니메이트 데드!

시체에게 세상을 떠도는 전사의 영혼을 부여해서 일으킨다. 뛰어난 전투 능력을 지님과 동시에 공포심마저 완전히 제거된 강화 언데드를 만들 수 있었다.

네크로맨서 관련 스킬은 다른 마법들보다 훨씬 올리기가 어려웠다. 흑마법이나 저주 마법, 언데드 소환 스킬은 숙련도가 좀처럼 늘지 않는 편이었다.

"언데드 소환 같은 네크로맨서 스킬도 올리면, 아마 다시 인간으로 돌아갔을 때 공격 스킬도 늘어 있겠지?"

어느 정도 페널티야 있겠지만 스킬의 레벨업은 나쁘지 않

은 부분. 언데드들은 무한한 체력을 가지고 있었으니 지치지 않았다.

"싸워라! 죽여라! 모조리 해치워라!"

언데드들이 늘어난 이후로는 테어벳과 볼라드의 동시 사냥까지 진행!

대지의 여신 축복 기간에 최대한 사냥을 해서 레벨을 373으로 만들었다.

언데드 군단을 이끌고 다녔으니 축복의 시간이 다했다고 해도 쉴 수가 없다.

다른 네크로맨서들이 하루나 이틀 정도를 사냥하는 것에 비해서 위드는 독할 정도로 사냥에 집중한 결과였다.

"이렇게 좋은 사냥터는 흔치 않아."

지골라스에서 깊은 지역으로는 들어가지 못하고 은신처 주변의 강가만 돌고 있었는데도 경험치와 아이템들이 짭짤한 편이었다.

네크로맨서였기에 다른 직업과는 비할 수도 없는 효율을 보인다.

"주인님의 명령이다. 적들을 섬멸하라."

볼라드와 테어벳 들을 지휘하는 데스 나이트 반 호크!

마법 재료가 없어서 골렘을 만들지는 못했지만 크게 아쉬울 것이 없었다.

- 가공되지 않은 흑광석을 획득하셨습니다.

- 수정을 얻었습니다.

- 테어벳의 가죽 날개를 획득하셨습니다.

- 솔리퍼의 꽃을 얻었습니다.

- 드워프의 볼라드 가죽 바지를 획득하셨습니다.

여러 희귀한 아이템들도 입수!
"감정!"

> **드워프의 볼라드 가죽 바지 :** 내구도 65/70. 방어력 58.
> 지골라스에 사는 볼라드를 사냥해서 나온 가죽으로 만든 바지.
> 드워프의 세심한 손길로 제작되었다.
> **옵션 :** 불에 대한 내성 28%.
> 볼라드의 적대감 증가.

탐험과 사냥을 하면서 영역을 확보하고, 가끔 조각품들의 흔적도 발견했다.
"감정!"

> **부서진 조각품 :** 내구도 3/25.
> 용암에 의해 녹아내린 조각품의 일부.

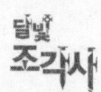

지골라스에서 나오는 반광석을 가공하였다.
완성품의 파편에 불과해서 원래의 형태를 파악하거나 복원하는 것은 불가능하다.
매우 작은 부분에 불과하지만 반드시 누군가의 손이 거쳤을 거라 짐작된다.
예술적 가치 : 2
특수 옵션 : 복구 불가능.

조각사들이 만든 조각품들도 심심치 않게 주울 수 있었다.

지골라스에서 오랜 세월을 거치면서 손상이 너무 심했지만, 그것을 만든 조각사로서는 혼과 열정을 다했을 작품!

"이건 잡템으로도 못 팔겠군!"

위드는 부서진 조각품들은 그 자리에 그냥 놔두었다.

서윤은 토리도와 같이 동물들의 소리에 귀를 기울이면서 의뢰들을 해결했다.

— …필요해요. 약초를 조금만 구해 주실 수 있나요?

— 친구와의 약속을 지키기 위해서 붉은 꽃을 따 가야 해요. 지혈에 도움이 되는 붉은 꽃을 아신다면 데려다 주실 수 있겠어요? 조금 헤매도 괜찮아요. 제가 근처로 가면 냄새를 맡을 수 있을 거예요.

― 밤마다 이상한 바람 소리가 들려요. 이유를 좀 알아봐 주세요.

동물들이 내주는 의뢰들은 소소하고 귀여운 경우가 많았다.

몬스터들이 가득한 곳에서 한참을 헤매야 할 때도 있어서, 의뢰의 난이도는 절대 낮지 않았다.

― 답례로 제가 아는 꽃들이 있는 장소를 알려 줄게요. 그곳에 가면 인간들이 탐내는 꽃들의 뿌리를 가지실 수 있을 거예요. 상처 회복에 도움이 될 것 같아요.

― 옹달샘의 물을 마셔 보셨어요? 아주 시원해요. 마음에 드실 거예요. 새벽에는 흰 털을 가진 여우가 오기도 하는데 어딘가 조급해 보였어요.

― 안전한 숲길을 알려 드릴게요. 숲에서는 길만 제대로 알면 위험한 일이 많이 줄어들어요.

퀘스트 보상도 상당히 좋은 편이었다.

숲이나 산에 사는 동물만큼 그 지역을 잘 파악하고 있는 생물도 없다.

서윤은 직접 활용하지는 않았지만 광산이나 희귀한 몬스터들의 서식지, 숨겨진 보물들의 위치를 알 수 있었다.

"……."

서윤도 손짓을 하면서 동물들과 대화를 나누었다. 말을 하지 않아도 동물들의 뜻을 이해할 수 있는 점은 좋았지만, 의사 전달을 위하여 손짓으로 표현을 해야 되었다.

차근차근 손짓을 하고, 동물들을 쓰다듬어 주고 친밀도를 쌓는다.

옹달샘에서 만난 흰 털 여우의 의뢰는 호기심 때문에 견딜 수 없다는 것이었다.

— 엄마한테 들은 내용인데요, 푸레돈의 던전 끝에 가면 요정들이 만들어 놓은 차원을 넘나드는 문이 있대요. 그 문을 통하면 바라는 지역에 갈 수 있다는데, 정말일까요? 던전으로 들어가서 요정의 문을 통과해 보세요. 두 달이 지나도 다시 밖으로 나오지 않으면 엄마의 말이 사실이란 걸 알고, 제 호기심이 충족될 것 같아요. 보상요? 인간들은 꼭 그런 것을 바라던데, 제가 드릴 건 없네요. 나중에 절 만나면 할머니가 숨겨 놓은 인간의 물건을 건네 드릴게요. 제게는 필요 없는 물건이지만 당신에게는 쓸모가 있을 거예요.

서윤은 사냥터라면 좋았기에 푸레돈의 던전으로 들어갔다.

"여기는 위험한 냄새가 물씬 나는군. 하지만 내가 있다면 괜찮지."

토리도와 함께 전투를 펼치며 던전의 끝에 다다른 서윤은 요정들이 만들어 놓은 문을 찾았다.

문만 열고 들어가서 2달 정도가 지나면 퀘스트가 성공!

서윤은 문을 열면서 가고 싶은 곳을 떠올렸다.

'위드, 위드가 있는 장소로······.'

"다 죽여라! 나쁜 놈이 성공하고 다 가지는 게 세상의 이치지. 테어벳들을 쓸어버려라!"

위드는 언데드 군단을 이끌고 사냥에 전념했다.

상대하는 몬스터의 종류에는 제한이 있었지만 테어벳과 볼라드만 잡더라도 매우 짭짤했으니 불만이 없다.

지속적인 사냥으로 인해서 경험치와 네크로맨서의 스킬 숙련도도 오르고 있었다.

금인이와 누렁이, 데스 나이트 반 호크도 함께 사냥에 집중했다.

"지진이나 화산 폭발만 잘 피하면 여기는 정말 좋은 사냥터야."

위험하고 어렵더라도 보람은 있다.

현재의 시점에서 최적의 사냥터였으니, 대지의 여신의 축복이 끝난 이후에도 계속 돌아다니면서 사냥을 했다.

"조각품이나 요리, 대장장이, 재봉의 덕을 보기 어려운 점은 아쉽군."

언데드는 요리를 먹지 않았고, 조각품의 효과도 적용되지 않았다.

"좀비나 구울에게 좋은 무기나 방어구를 쥐여 주는 건 사치야!"

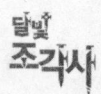

언데드들에게는 네크로맨서 마법의 하나인 어둠의 강화술을 사용해 주면서 싼 맛에 대량으로 이용했다.

지골라스만 아니더라도 무기나 방어구를 언데드들에게 들려 줄 수도 있겠지만, 잃어버릴 염려가 컸다.

"천 옷은 화염에 금방 타 버리고 구멍이 뚫릴 테니 만들어 줄 수도 없어."

지골라스에서 획득한 재료 아이템들이 쌓이고 있었지만 정작 쓰지는 못했다.

위드의 자산이라고 하면 높은 스탯과 각종 생산 스킬이었다.

네크로맨서로서는 잘 적응하면서 지골라스에서 언데드 군단과 활약하고는 있지만, 가지고 있던 재료들을 활용할 수 없다니!

사냥만 하다 보니 손재주조차도 도움이 안 되고 전투에 활용을 못 했다.

언데드 군단은 전투 지휘가 중요할 뿐이지, 다른 부분에서 추가적인 효과를 만들기는 어려웠다.

위드는 사냥의 효율을 높이기 위해서 곰곰이 생각하다가 새로운 방법을 찾아냈다.

"조각품! 용암에 의해서 조각품을 잃어버리지만 않으면 되는 거잖아."

빛의 조각품으로 공중에 조각품을 만들 수도 있었다.

"하지만 다른 몬스터들이 호기심을 느끼고 다가와서 파괴할 수도 있지."

감당도 못할 몬스터들이 모이는 건 바라지 않는 일.

"그러면 조각품을 만들어서 내 자신이 변신하면 되는 거야."

조각 변신술이 있으니 조각품의 효과를 직접 누리면 된다!

조각품이 주는 전체적인 상승효과는 누리지 못하더라도, 조각술을 활용할 수는 있었다.

"조각품의 재료로는… 여기에 나무는 일단 없고, 바위? 용암 때문에 구멍이 숭숭 뚫려 있어서 생명력이 낮을 수 있어."

위드는 가지고 있는 재료들을 뒤적였다.

지골라스에서 사냥을 하는 동안 땅에 떨어진 수정들을 많이 확보할 수 있었다.

"감정!"

지골라스산 수정 : 내구력 15/15.
조금 투명한 수정.
보석의 일종이지만 흔한 편이라서 비싼 가격에 거래되지는 않는다.
액세서리나 마법 무기, 조각품 등 여러 종류로 가공 가능.
지팡이에 달면 마나를 증폭시키는 효과가 있다.
재질 : 2등급.
옵션 : 인챈터들은 낮은 등급의 마법을 하루 정도 봉인할 수 있음.

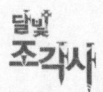

"리치라는 종족은 포기하기가 아까우니 새로운 해골을 만들자. 몸 전체가 수정으로 이루어져 있는 해골을!"

수정이 완전히 눈에 보이지도 않는 그런 재질은 아니었다.

날이 약간 어둡더라도 얼마든지 알아볼 수 있지만, 빛을 굴절시키는 효과가 있어 조금은 눈에 덜 띄었다.

몬스터들은 저주나 공격 마법을 받더라도 그것들을 건 사람을 발견하지 못하면 적대감이 늘지 않는다.

근접전에서 매우 취약한 네크로맨서로서는 특별한 장점이었다.

"수정은 마법 재료로도 많이 쓰이니까. 지금처럼 힘과 민첩, 체력은 거의 활용하지 않고 마법에만 치중할 때는 도움이 되겠지."

수정은 450개도 넘게 가지고 있었다.

크기가 작아 바위를 가지고 조각할 때처럼 통째로 만드는 건 불가능할 테지만, 뼈를 하나씩 만들어 조립하면 된다.

"상당히 까다로운 일이 되겠지만, 사냥 중간마다 마나를 회복할 때 조각술을 펼쳐서 만들어야지."

다른 활용법도 찾을 수 있을 것 같았다.

"대장장이나 재봉 스킬도 그런 측면에서 보면 쓸 길이 많이 있을 거야."

대장장이라고 해서 백날 무기나 방어구만 만들 수는 없으리라.

지골라스라는 극한 지역에서, 필요에 따라서 다른 생산 스킬들의 활용성을 찾아내려는 것이었다.

"재료의 특성을 최대로 살려서 대장장이 스킬로 나만이 시도할 수 있는 악기를 만드는 거야."

위드는 조각술로 인해 예술 스탯이 매우 높았다. 그리고 노래는 최악이지만 하프 연주는 상당한 수준이었다.

소리를 들어 보면서 나무나 금속, 몬스터의 힘줄을 이용한 악기를 만드는 것이다.

전투의 용도로만, 그리고 높은 공격력과 방어력을 가진 병장기를 만드는 것을 주로 하는 대장장이 직업으로서는 가히 혁명과도 같은 일!

악기 제작은 누구나 생각할 수 있는 일이지만, 정작 자신이 고위 대장장이가 되고 나면 다른 이들과의 경쟁 때문에 시야가 협소해지고 만다.

예술 스탯도 낮거나 없을 테니 대장장이들이 위드처럼 생각하기는 쉽지 않았다.

"당장 들어가는 재료는 아깝겠지만, 장기적으로 보면 스킬을 올리는 편이 더욱 낫겠지. 그리고 그림 그리기 스킬도 재봉에 활용하면 좋을 거야."

위드는 그림은 못 그리지만 약초학 스킬은 붕대를 통한 상처 회복과 요리에 꾸준히 활용하면서 고급 2레벨이었다.

염료로 쓸 수 있는 식물과 약초를 구해서 방어구나 옷에

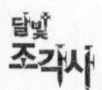

덧입힌다면 그 특성을 더욱 늘려 주리라.

다행히 베르사 대륙을 돌면서 구한 식물 재료들을 나중에 쓸모가 있을지도 몰라서 버리지 않고 말려서 간직하고 있었다.

돈이 된다면 팔았겠지만, 돈이 안 된다는 이유 때문이었다.

"어떤 직업이든 정성을 다해서, 그리고 베르사 대륙을 돌면서 각 재료들을 구하고 쓰임새를 직접 생각해 본다면 무궁무진한 가능성을 찾게 될 거야."

위드는 사냥을 하는 짬짬이 수정부터 가공했다. 뼈마디를 하나씩 만드는 것은 어찌 보면 어렵지 않은 일이기도 했다.

리치의 토대가 되는 해골도 그동안 사냥해 온 언데드들을 보고 기억해서 조각한 적이 있다.

대충의 골격은 알고 있었기에 따로 장애가 되는 건 없었다.

"수정들을 모았을 때 정확하게 어울릴 수 있도록 크기와 비율을 맞추는 건 약간 까다롭겠군."

위드는 스스로 몸에도 대보면서 수정으로 된 뼈들을 만들었다.

"키를 조금 키울까? 아니야. 키가 커 봐야 더 많이 맞기나 할 거야."

현재의 체형을 가능한 그대로 유지한 상태에서 수정 해골 제작.

"머리를 초대형으로 만들면 지식과 지혜 스탯이 높아지지 않을까?"

 조각 변신술을 사용하는 건 위드뿐이라고 알려져 있으니 실험을 해 봐야 했다.

 해골의 머리가 정상보다 10배나 크다면 왠지 똑똑할 것 같지 않은가!

"초대형 머리를 가지고 있는 해골 네크로맨서. 매우 마음에 드는군!"

 해골에는 큰 통짜 수정이 들어간다.

 아쉽게도 위드가 가지고 있는 수정은 가장 큰 것이라고 해도 일반적인 해골보다 1.5배 정도가 클 뿐이었다.

 인체의 비율을 생각한다면 그것도 매우 큰 편이지만 위드는 아쉽기 짝이 없었다.

"8등신보다는 3등신이 더 똑똑할 텐데……. 겨우 5등신 정도밖에는 안 되겠군."

 큰 머리 해골을 거침없이 조각해 냈다.

 수정을 깎아 내기 위해서는 예리하고 과감한 손길이 필요하지만, 위드의 조각술도 이제는 그간의 경험으로 인하여 웬만한 재질 정도는 무리 없이 다룰 수준이었다.

 문화와 예술의 창조에는 발상의 전환과 상상력이 필수적이었다. 그리고 지칠 줄 모르는 노가다!

 갈비뼈와 척추, 골반, 하체, 팔, 어깨, 머리 등의 뼈들을 모두 조각해서 맞추었다.

이빨에도 수정이 포함되어야 했다.

남다르게 큰 머리로 인해서 어금니와 다른 이빨들도 1.5배씩 더 컸다.

띠링!

─만드신 조각품의 이름을······.

"수정 리치!"

─재료의 특징을 따서 수정 리치로 하시겠습니까?

"그래."

걸작! 수정 리치 상을 완성하셨습니다!
깨끗한 세공의 수정으로 만들어 낸 진귀한 조각품.
그의 이름을 딴 예술 회관이 있을 정도로, 베르사 대륙에서는 첫 손가락에 꼽히는 조각사의 작품이다.
영웅적인 모험을 하고 있는 와중에 수정 리치를 만들어 냈다.
다만 험난한 모험의 과정 때문인지 고유한 예술적인 감정들이 많이 들어가 있지는 않다.
과거 베르사 대륙을 혼란에 빠뜨렸던 리치 샤이어를 그대로 닮았다.
혐오스러운 리치를 조각했지만, 수정의 아름다움으로 인하여 미려한 자태를 가지고 있다.
무엇이든 조각할 수 있을 것 같은 조각사의 새로운 시도!
단, 예술적 감성이 낮고 비슷한 형상의 조각품이 이미 있기 때문에 조각술계의 평가는 그리 높진 않을 것이다.
예술적 가치 : 219.

특수 옵션 : 수정 조각상을 바라본 이들은 생명력과 마나 회복 속도가 하루 동안 16% 증가한다.
지식과 지혜 42 상승.
민첩 12 증가.
힘 130 감소.
마법 발현 속도를 8% 빠르게 함.
언데드들에 대한 지배력이 4% 증가함.
다른 조각품과 중복 적용되지 않음.
지금까지 완성한 걸작의 숫자 : 87.

―조각술 스킬의 숙련도가 향상되었습니다.

―손재주 스킬의 숙련도가 향상되었습니다.

―명성이 15 올랐습니다.

―지혜가 1 상승하셨습니다.

머리의 비율이 다르지만 애꾸눈 리치 조각상과 비슷하다 보니 조각술 숙련도는 거의 오르지 않았다.

애꾸눈 리치로 있을 때 조각품을 만들어서 예술 스탯도 낮게 적용되었다.

"손재주 스킬의 숙련도만 아주 조금 올랐군."

위드는 준비했던 스킬을 사용했다.

"조각 변신술!"

-조각 변신술을 사용합니다.

위드의 온몸 뼈들이 투명해졌다. 머리는 그에 비해서 부쩍 부쩍 자랐다.

뼈들은 옅은 보랏빛의 맑은 빛깔을 내고 있었다.

반대편이 그대로 훤히 보일 정도로 투명하면서도 형체가 남아 있는 신비로운 해골로 변했다.

-조각 변신술의 영향으로 지식과 지혜가 조금 더 높게 증가합니다.
생명력과 마나가 15% 더 늘어납니다.
조각품에 대한 이해 스킬이 고급 3레벨이라서 완전한 리치로의 변신은 되지 않았습니다.
리치 전용의 생명력 흡수와 마나 흡수의 효율이 10% 올랐습니다.
조각 변신술이 풀릴 때까지 유효합니다.

-조각술의 비기, 조각 변신술로 인해 조각품에 대한 이해 스킬의 숙련도가 증가하였습니다.

"흐겔겔겔."

수정 해골이 된 위드가 만족스럽게 웃으며 다시 사냥을 시작했다.

험한 지형의 지골라스에서 몰고 다니는 언데드 부대!

애꾸눈 리치일 때보다 사냥의 효율이 약간 좋아져서, 3단계 언데드 군단들도 소환했다.

데스 나이트들!

좀비나 구울 따위와는 비교도 할 수 없는 엄청난 양의 마나를 잡아먹지만, 전투의 선두에서 싸우는 막강한 위력을 가졌다.

"병사들이여, 진격하라. 언데드의 군주인 더럴 님의 명령이다!"

데스 나이트들은 하급 언데드들에 대한 통솔 효과도 있기 때문에 위드의 언데드들이 효율적이고 일사불란하게 움직였다.

테어벳과 볼라드의 사냥 속도가 훨씬 빨라지면서, 휴식 없는 사냥을 할 수 있었다.

서윤이 요정들의 문을 통과해서 도착한 장소는 지골라스였다.

'더워. 그리고 목말라.'

산의 정상에서부터 용암 줄기가 흘러내린다. 주변에는 공동묘지처럼 부서진 조각품들이 널려 있었다.

'여기는 어디지?'

서윤은 위드를 찾아보려고 했지만 부근에서는 발견할 수

없었다.

 장난기 심한 요정들이, 위드의 근처로 바로 이동시켜 주지 않고 상당히 멀리 떨어진 곳에 떨어뜨려 놓은 것이다.

 "뜨겁고 강한 놈들의 피 냄새가 나는군."

 토리도와 함께 지골라스를 걸어 다녔다.

 "몬스터가 숨어 있는 것 같다. 여기는 내가 앞장서겠다."

 어두운 곳이나 바위 그늘로 향할 때에는 토리도가 앞장을 섰다.

 생명체의 피 냄새를 잘 맡는 토리도에게 은신하고 있는 적들은 무용지물!

 토리도가 휘하의 진혈의 뱀파이어족들과 함께 테어벳들과의 싸움을 개시했다.

 재건한 진혈의 뱀파이어족들은 많은 전투로 인해서 강해진 후였다.

 "피 맛들이 별로군!"

 토리도와 뱀파이어들은 그늘에서 마찬가지로 은신술을 펼치고 테어벳들과 싸웠다.

 뱀파이어 퀸의 정신계 마법의 지원이 있고, 서윤도 검을 뽑아 들고 몬스터들을 사냥했다.

 강한 생명체의 피를 마실수록 능력이 왕성해지는 뱀파이어들!

 로드인 토리도의 레벨이 서윤과의 모험으로 인하여 상당히 높아져 있었기에, 다른 뱀파이어들도 성장 잠재력이 높았다.
 테어벳, 볼라드, 괴인 이볼그까지도 거침없이 사냥하는 서윤!
 레벨과 공격력, 방어력이 전체적으로 높아서 따로따로 다니는 괴인 이볼그는 토리도와 함께 쓰러뜨릴 수 있었다.
 '여긴 위험해.'
 성직자의 도움을 받지 못하는 서윤도 전투를 할 때마다 휴식을 취해야 했다.
 그녀는 빨리 위드를 찾고 싶었다. 연약한 위드가 지골라스에서 고생을 하고 있을 것만 같아서였다.

네크로맨서의 한계

이현은 아침에 방 청소를 하며 곰곰이 생각했다.

"대학 졸업장의 가치가 무엇일까?"

취업을 위해서는 필수적이라고 할 정도로 대학 졸업장이 필요했다.

"대기업에 취직하고, 월급을 꼬박꼬박 받고, 명절날에는 보너스도 받고, 연말에는 상여금도 받는 그런 인생!"

이현이 눈물 나게 바라는 월급쟁이의 삶이 아니던가.

"연애도 하고, 차도 할부로 사 보고, 여름휴가철에는 북적대는 고속도로를 타고 여행도 떠나고 말이지."

대학 졸업장의 가치는 무궁무진했다. 하지만 졸업장만 있다고 해서 좋은 기업에 쉽게 취직이 되진 않는다.

"학점도 높아야 되고 외국어도 잘해야 해. 자격증도 몇 개는 있어야 남들보다 유리하고, 인턴 경력 정도는 만들어 두어야겠지!"

갈수록 한숨만 나왔다.

남들보다 나이도 많고, 고등학교 중퇴에 검정고시 출신이었으니 평범한 방법으로 남들처럼 살길 바라는 건 무리였다.

"대학교에 가는 게 이토록 고통스러울 줄이야."

졸업장은 벽걸이용 외에는 무용지물이 되어 버릴 가능성이 높았다.

이현이 캠코더와 기본적인 노트들을 주섬주섬 챙기고 집 밖으로 나갔을 때였다.

문 앞에는 서윤이 있었다.

여름방학이 막 끝난 이후라서 날씨는 아직 더웠다.

가벼운 청바지에 흰 반팔 셔츠를 입고 있는 그녀가 왠지 이상하게 느껴졌다. 눈부시게 빛나는 외모에 반해서 옷은 평범하기 짝이 없으니 더욱 청순하고 아름다웠던 것이다.

파티용 드레스를 입으면 여신처럼 예쁘고, 평상복을 입어도 시선을 마구 끌어당긴다.

그녀의 미모는 어떤 옷을 입어도 오히려 돋보이게 되어 버리는 수준!

이현은 퉁명스럽게 말했다.

"학교 같이 가게?"

서윤은 가볍게 고개를 끄덕였다.

학교에 함께 가고 싶어서 일부러 이현의 집까지 찾아온 것이다.

이현은 쓸쓸하게 대답했다.

"뭐, 그렇게 해."

도시락을 먹으면서 우렁 각시에 대한 꿈을 활짝 키웠다.

순수하고 착한 여자가 이현을 좋아한 나머지 몰래 밥을 해 준다!

그런데 서윤을 보면서 은근히 좌절하지 않을 수 없었다.

'그냥 큰 의미 없이 밥을 해 준 걸 거야. 내게 얻어먹은 게 있으니까, 그래서 보답 차원에서 한 거겠지.'

이현은 정류장에 가서 서윤과 함께 버스를 기다렸다.

학교까지 걸어갈 수도 있지만 지골라스에서 사냥을 하면서부터는 시간을 아끼기 위해서 버스를 타기로 한 것이다.

네크로맨서로부터의 마나가 끊어진 언데드들은 약화되어 시체로 되돌아가거나 소멸해 버린다.

더 오래 사냥하고 언데드들을 1마리라도 더 건지기 위해서는 버스가 필수였다.

"저, 저기, 저 여자 좀 봐!"

"예쁘다. 저렇게 예쁜 여자는 처음 봐."

서윤과 함께 있으니 그녀를 보는 사람들 때문에 길이 막힐 정도였다.

이현은 이제 그런 시선들에는 익숙해져서 그저 불편하기만 할 따름이었다.

"학교에 같이 가려니 안 좋은 점이 많군. 사람들이 너무 많이 쳐다보잖아."

서윤은 그 말을 듣고 모자에 마스크까지 착용했다. 그러자 사람들은 아쉬워하면서 가던 길을 갔다.

잠시 후에 도착한 버스를 탈 때였다.

이현이 버스 카드를 찍고 빈자리로 가려고 하는데 서윤은 우두커니 서 있기만 했다.

"왜? 교통 카드가 없어?"

서윤은 고개를 끄덕였다.

그녀가 언제 버스를 타 보았겠는가. 버스에 타는 자체가 처음이니 교통 카드를 가지고 있지 않았다. 이렇게 카드를 찍고 탄다는 것도 처음 안 것이다.

서윤은 종이에 글씨를 써서 보여 주었다.

버스를 처음 타 봐서요.

이현은 그녀의 것까지 계산해 주었다. 그리고 비어 있는 자리에 함께 앉았다.

"저기……."

"……."

"다음부터는 교통 카드 들고 다녀야 돼. 알았지? 교통 카드가 있으면 버스도 탈 수 있고, 지하철도 탈 수 있거든."

신신당부를 하는 이현이었다.

서윤은 그 말에 혹시나 하는 생각이 들어서 지갑을 꺼내어 열었다.

상당한 양의 현금과 세 장의 신용 카드.

블랙 프리미엄, 다이아몬드, 플래티넘 카드!

연회비만 100만 원이 넘고, 온갖 혜택들이 있는 카드들에는 교통 카드 기능도 당연히 있었다.

서윤이 그 카드들을 보여 주었을 때, 이현은 분노에 치를 떨어야 했다.

'당했구나.'

버스비를 대신 내게 하고, 그 후에 교통 카드를 보여 주는 잔인함!

과연 서윤이 아니고서는 저지를 수 없는 지독한 일이었다.

학교에 도착해서 이현이 첫 수업을 들으러 강의실로 갈 때였다. 서윤도 함께 따라왔다.

"왜? 캡슐공학 신청했어?"

끄덕끄덕.

3시간짜리 수업을 함께 듣고, 따스한 햇볕 아래 잔디 광장에서 도시락을 나누어 먹었다.

다음 수업을 들으러 갈 때에도 서윤은 따라왔다.

"혹시 가상현실에서의 사회구조론도 수강 신청했어?"
끄덕끄덕.
서윤은 이현이 배우는 수업들만 골라서 신청했다.
"형, 오랜만이야."
"오빠, 안녕하세요!"
박순조와 이유정, 민소라, 최상준도 가상현실의 사회구조론을 신청해서 강의실에서 만날 수 있었다.
수업이 끝난 후에는 학과생 전원이 대강의실에 모였다.
"오늘은 약속했던 대로 여러분이 해 온 과제를 확인하는 시간을 가져 보겠습니다."
300명이 넘는 학과생들이 있는 대강의실에 이현은 제일 앞줄에 앉았다.
'항상 제일 앞자리에 앉는 학생에게 F를 주기란 쉽지 않지.'
교수의 눈도장을 받기 위한 자리!
이현, 서윤 그리고 12명의 학생들이 가장 앞줄이었다.
"그럼 왼쪽에 있는 학생들부터 올라오세요."
주종훈 교수는 순서대로 학생들의 캠코더를 재생시켰다.
맑은 하늘과 푸른 바다 그리고 부모님과 조카들이 있는 바닷가였다.
"리조트에서의 가족 휴가라……. 재미있었겠군요."
교수는 영상을 확인할 때마다 짤막한 감상을 이야기했다.
"봉사 활동에 충실했군요. 보람이 컸겠어요."

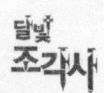

"소극장에서 연극 관람이라……. 문화생활로는 좋군요."

학생들은 캠코더 촬영을 위해서라도 평소보다 보람 있는 방학을 보낸 것 같았다. 그리고 서윤의 차례가 되었다.

서윤의 방학 생활이 공개되는 시점에서 학과생들의 집중력은 더할 나위 없이 좋아졌다.

창문으로 밝은 햇살이 비친다.

서윤은 이불을 덮고 누워 있다가 눈을 비비면서 일어났다. 화장을 하지 않은 얼굴이지만 완벽한 미모에는 눈곱도 끼지 않았다.

왈왈!

그리고 반갑게 짖으면서 안겨 오는 개 1마리.

서윤이 개를 안고 쓰다듬어 주는 장면이 화면에 나왔다.

쫑긋한 귀와 날렵한 다리, 방정맞게 흔드는 꼬리까지, 어디선가 많이 봤던 개였다.

이현이 주었던 몸보신이었다.

서윤은 수건을 들고 욕실로 들어갔다. 잠시 후에 세수만 하고 나왔을 뿐인데도 후광이 비치는 것 같은 외모!

방학 때에도 특별한 일이 없었으므로 말 그대로의 일상을 캠코더에 녹화하기로 하고 간호사에게 부탁했던 것이다.

서윤이 아침을 만들기 위해서 요리를 했다.

오므라이스와 닭 가슴살 샐러드를 만들기 위해서 재료를

내놓았다. 요리를 하는 것도 아름다운 그녀!

 어깨까지 내려오는 고운 머리카락을 옆으로 하고, 도마에서 칼질을 했다.

 모든 장면들이 CF였다.

 그릇에 차려 놓은 요리들은 고급 레스토랑에서나 볼 수 있을 것처럼 예쁘게 장식되었다.

 흰 테이블에 정갈하게 놓인 오므라이스와 샐러드 그리고 오렌지 주스!

 카메라를 찍어 주는 간호사와 함께 식사를 했다.

 이현은 생각했다.

 '번거롭게 아침부터 뭐 얼마나 맛있게 먹으려고 요리를 해.'

 여동생을 위한 음식이 아니라면, 그는 간단히 먹는 편이었다.

 서윤의 요리 실력은 이현과 함께 먹은 도시락을 만들면서 늘었지만 조금도 알아주지 않았다.

 보신이도 테이블 아래에서 식사를 하고, 이제 식사를 마친 그녀는 설거지를 했다.

 설거지를 하면서 물이 묻은 팔로 이마를 닦는 모습까지 예쁜 그녀!

 "캬아!"

 학과생 중 어떤 남학생은 감탄사까지 흘렸다.

 서윤이 잠에서 깨어나서 가볍게 세수만 한 채로 요리를

하고 식사를 하는 장면들은 영화로 만들더라도 아깝지 않으리라.

그러나 이현의 생각은 달랐다.

'주방 세제는 반만 써도 될 텐데……. 설거지하면서도 물이 너무 많이 튀는군.'

설거지를 마친 후에는 흔들의자에 앉아서 독서를 했다.

그녀가 읽는 책 제목은 ≪미술관 기행≫이었다.

세계 미술관을 돌아보면서 예술 작품들과 예술가들에 대해서 공부할 수 있는 책이다.

학과생들이 과연 서윤이라고 할 때 이현은 다시 생각했다.

'다 설정이야.'

카메라를 의식해 과도한 연기를 펼치는 거라는 생각!

책을 읽은 후 캡슐에 들어가서 로열 로드를 하고, 정원을 산책한 후에 씻고 나서 침대로 향했다.

잠자리에 들어 이불을 덮고 불이 꺼지는 것으로 잔잔한 여운까지 남기면서 영상이 종료!

교수가 말했다.

"본인의 평범한 일상을 훌륭하게 표현한 작품이었습니다."

이현에게는 엄청난 충격을 안겨 주는 발언이었다.

그는 아프리카와 유럽까지 가 고생을 하며 영상을 찍어 왔는데, 서윤은 평범한 하루를 담아 온 것으로 칭찬을 받다니!

"그다음 학생."

이현은 시무룩한 얼굴로 조교에게 영상 테이프를 건넸다.

막 서윤의 것을 봐서, 다들 이현의 영상은 기대하지 않았다.

사실 학과생들의 대부분은 서윤을 보고 싶었다고 해도 과언이 아니다.

이집트와 아프리카, 유럽을 오가는 여행.

사륜구동 지프차로 사막을 횡단하고, 비행기와 호텔에서의 스카이다이빙, 오토바이, 모터보트, 해저 탐험 등의 익스트림 스포츠까지!

영상을 다 보고 난 후에 교수가 길게 말했다.

"원래 교수들이 과제를 내주면서 어느 정도 기대하는 범위가 있습니다. 하지만 이렇게 특별한 방학을 겪고 돌아온 학생이 있을 줄은 몰랐습니다. 과제를 내주지 않았다면 우리는 이 학생에 대해서 아직도 잘 모르고 있었겠죠? 남들은 겪어볼 수 없는 특별한 여행을 하고 돌아온 이현 학생에게 박수!"

학과생들 중 몇몇이 떠들기도 했다.

"과연 프린세스 나이트야."

"MT에서도 대단했잖아."

이현은 박수를 받으면서도 기쁘지가 않았다.

자신도 그저 조용히 집구석에서 밥 먹고, 정원에서 기르는 가축들 밥 주고, 도장에 가서 체력 단련하고, 캡슐에 들어가서 사냥하는 그런 평범한 일상을 겪었더라면 훨씬 더 기뻤을 것이기 때문이다.

서윤이 부럽고 대단하다는 듯한 눈빛을 보내고 있었다.

이현은 그녀로부터 그런 부러움을 받는 게 기쁘지가 않았다.

'겨울방학은 기필코 집에서만 보내리라.'

이런 과제를 똑같이 다시 내줄 리도 없고, 내주더라도 그냥 눈사람이나 하나 만들면 된다.

'분량이 부족하면 동네 꼬마 아이들과 눈싸움이라도 하면 되겠지.'

겨울은 오직 집에서 보낼 것이라고 다짐을 하고 있는 이현이었다.

다른 학과생들의 영상은 대체로 단조로운 편이기도 했고 관심도 없었기에 이현은 꾸벅꾸벅 졸다가 자리에서 잠들었다.

서윤도 다른 영상들을 보는 대신에 딴생각을 했다. 겨울방학에는 그녀도 멀리 떠나 보고 싶었다.

믿고 의지할 수 있는 친구와 함께 떠날 수 있다면 참 좋을 것 같았다.

"유령선들? 해골 선장이 지휘하는 배를 물어보는 거라면, 잘은 모르겠소만 북동쪽으로 가는 것 같던데……."

"이곳에서 어육들을 많이 사 갔지."

"말린 사과도 싸게 사 갔지. 흥정을 하는 솜씨가 제법이더군."

이피아 섬에 도착한 하벤 왕국의 제2함대는 추적자들을 풀어서 정보를 입수했다.

함대에 함께하는 유저들만 230명 이상이다 보니 정보를 모으는 것도 금방이었다.

"북동쪽이라면 딱히 갈 만한 곳이 없을 텐데……."

네리아해를 나와서 북동쪽으로 가면 먼바다로 향하게 된다.

베르사 대륙의 동부를 터무니없이 멀리 돌아서 남부로 갈 수도 있지만, 그러자면 네리아해의 내륙 운하를 타는 편이 낫다.

"섬으로 가서 사냥을 하려는 걸까? 아니면 바다 항로와 관련된 퀘스트를 하고 있나?"

의도는 알지 못했지만, 드린펠트는 일단 유령선의 뒤를 쫓기로 했다.

북동쪽 바다에서부터는 직접 나서서 바다 생물과 새들에게 유령선의 방향을 물어보았다.

그리고 유령선의 항로를 뒤쫓아 도착하게 된 플라네티스의 항구들.

"이런 곳에 숨은 항구가……. 과연 위드라는 건가? 전 함

대, 북쪽으로 전속 항해!"

항구에서 나온 하벤 왕국의 함대가 돛들을 활짝 펼쳤다.

각 함선마다 사각 돛이 16개씩 펼쳐지는 것은 일대 장관이었다.

대형 함선들이 바람을 타고 바다로 나섰다.

유령선 추적!

유령선의 경로를 따라 북쪽 바다로 올라가고 있었다.

바다에서 가장 유명한 해적 그리피스!

그가 지휘하는 갤리선들과 중대형 범선들이 50척도 넘게 플라네티스해에 몰려 있었다.

해적들은 정규군이 오더라도 장렬하게 싸우다가 죽을 정도로 용감해야 되고 정보 입수가 빨라야 한다.

하벤 왕국의 함대가 자신들의 영역을 떠날 때부터 추적했다.

"하벤 왕국의 해군 제독 드린펠트가 직접 나섰다는 말이지."

그리피스와 해적들은 편안하게 하벤 왕국의 함대 뒤를 따르기만 하면 되었다.

"위드 사냥에 하벤 왕국의 함대로도 모자라서 우리까지

찾았단 말인가? 해적들의 자존심을 걸고 먹잇감을 넘겨줄 수는 없지. 가자, 대륙의 전설을 사냥하러!"

그리피스의 말에 해적단들은 크게 환호했다.

해적들은 보급이나 장비에 있어서는 정규군에 비해 열악할 수밖에 없다. 하지만 부족한 전력은 숫자로 메울 수 있었다.

해적들끼리의 긴밀한 정보교환을 통해서 네리아해의 바다 사나이들이 그리피스의 명령에 따라 모였다.

해적들에게는 1년에 한두 차례 있을까 말까 한 대집결이었다.

위드는 언데드 군단을 끌고 다니며 엄청난 속도로 사냥을 했지만, 정작 퀘스트를 위한 이동에는 한계가 있었다.

기본적으로 싸고 저렴한 언데드 군단이기에 볼라드들과 싸울 때마다 많은 희생이 발생했다.

"탐험은 쉽지 않군."

언데드 군단은 몬스터들로부터 무조건적인 적대를 받는다.

그렇기 때문에 끊임없는 전투를 해야 했다.

어느새 데스 나이트도 40마리나 소환했다.

위드의 레벨과 마나 회복력, 네크로맨서 스킬로 만들 수 있는 최대의 언데드 군단이었다.

하지만 그럼에도 불구하고 볼라드와 싸울 때에는 언데드들이 30마리에서 50마리씩은 죽었다.

"일단은 아르메니아 해적단이 향한 7번 봉우리 방향으로 가야 해. 하지만 중간에 볼라드를 스무 번은 사냥해야 하는데……."

볼라드와 싸울 때마다 언데드들의 규모가 감소한다.

하급 언데드들 위주로 죽었지만, 막상 하급 언데드들이 줄어들면 데스 나이트들도 죽는다.

"테어벳과 계속 싸우면서 이동을 하는 수밖에는 없겠군."

볼라드 4마리가 모인 곳에 광역 저주 마법 시전!

데스 나이트들이 덤벼들고, 스켈레톤 메이지들이 마법을 난사했다.

구울과 좀비 들이 대거 돌진하였으며, 언데드화한 테어벳과 볼라드 들의 전면 공격까지!

언데드 군단의 대공세로 전투는 승리로 이끌었지만, 불에 타서 다시 일으킬 수 없게 소멸된 언데드가 23마리였다.

다음에도 볼라드와 싸우고 그다음에도 싸우니, 처음에 비해 언데드들이 100마리는 줄어 버렸다.

"이대로라면 곤란한데."

위드는 근처에서 테어벳들을 사냥하고 다시 이동하려고

했지만, 7번 봉우리로 접근할수록 볼라드들의 숫자도 늘어나 이제는 5마리나 6마리씩 돌아다녔다.

거기에 까마귀로 변했을 때 관찰해 본 바에 의하면, 볼라드들을 뚫고 지나더라도 혼돈의 전사들이 나온다.

"어쩔 수 없군. 뒷일은 그때 가서 생각하고 당장 활용할 수 있는 것은 다 쓰는 수밖에."

위드는 마지막 보루라고 할 수 있는 안식의 동판을 꺼냈다.

마탈로스트 교단의 성물로 언데드가 소유하고 있으면 높은 생명력과 마나, 힘을 가질 수 있는 물건이었다.

"내구도가 겨우 3밖에 남지 않았는데……. 최대한 조심해서 써서 깨지기 전에는 돌려줘야겠지."

안식의 동판을 꺼내자 검푸른 기운이 위드의 몸을 타고 흘렀다.

띠링!

―추악한 리치가 안식의 동판을 사용합니다.
일으킨 언데드들의 생명력이 25% 증가합니다.
이동속도가 38% 빨라집니다.
네발로 기어 다니거나 벽을 딛고 달리는 등 다양한 방법을 사용합니다.
맹독들을 뿜어내게 됩니다.
저항력이 증가합니다.
본능이 향상됩니다.
땅을 파고 숨은 언데드들이 네크로맨서의 마나 공급이 없더라도 더 오랜 시간을 참을 수 있습니다.
5단계 언데드 소환 스킬을 사용할 수 있습니다.
네크로맨서에게 복종하는 마녀 집단의 소환이 가능합니다.

> 네크로맨서 스킬의 효과가 55% 증가합니다.
> 특수 스킬 활용 가능.
> 암울한 묘지, 한밤의 귀곡성, 산성 호흡, 비탄의 자멸, 생명력 이전.
> 안식의 동판 내구도가 파괴를 얼마 남겨 놓지 않고 있습니다.

위드의 생명력과 마나, 지혜 등도 크게 증가했다.

지식과 지혜만 하더라도 300 정도씩이나 늘었고, 마나의 최대치가 2배는 높아졌다.

"일단 모두 쉬도록 해라."

위드는 언데드들로 향하는 마나 공급을 완전히 차단하고, 언데드 소환 마법도 해제했다.

그러자 좀비와 구울, 스켈레톤, 데스 나이트 들이 풀썩 땅에 쓰러졌다.

유일하게 남아 있는 것은 데스 나이트 반 호크와 금인이뿐이었다.

"다시 일어나라. 지옥의 밑바닥에서 고통받을 너희를 내가 구원해 주겠다. 세상에서 누릴 수 있는 권세와 재물을 주겠다. 데스 나이트 소환!"

시체로 돌아간 스켈레톤들을 통해서 데스 나이트를 50기나 일으켰다.

원래 진짜 데스 나이트는 기사의 시체로 일으켜야 한다.

욕심 많고 부패한, 그러면서 불의를 저지르는 기사의 시체를 데스 나이트로 소환하면 효과가 훨씬 크다.

원래는 짐승의 것이던 뼈들을 데스 나이트로 일으켜 세우니 페널티가 적용되었다. 갑옷도 입고 있지 않았으며, 체격도 어딘가 빈약해 보였다.
　그럼에도 몸에서 흐르는 자줏빛 오러!

> -네크로맨서 스킬의 효과가 강화되어 데스 나이트들의 힘과 생명력이 증가했습니다.

　"최소한 레벨이 270 정도는 되는군."
　위드는 이 정도로도 상당히 만족했다.
　레벨이 270 정도라면 보통의 데스 나이트들보다는 훨씬 세다.
　네크로맨서가 현재 최고의 각광을 받고 있지만, 무적은 아니었다. 언데드 군단을 끌고 다닌다는 매력이 있는 반면, 소환한 언데드 개체 하나하나의 질은 높지 않았다.
　빠른 레벨업과 대량생산, 대량 소비에 적합한 직업이었다.
　"그대에게 우리에게 명령을 내릴 능력이 있는지 궁금하다."
　소환한 데스 나이트들이 물음을 던졌다.
　충성을 받기 위해서는 힘과 지휘 능력을 증명해야 한다.
　위드는 번거롭게 여러 말을 하는 대신에 아르펜 제국의 옥새를 꺼냈다.
　"황제의 권위!"
　수정 해골에서 은은하게 비치는 광휘!

-황제의 권위를 사용하셨습니다.
영주나 국왕이 사용하면 외교적인 역량이 일시적으로 향상됩니다.
주민들의 반대를 권위로 억누를 수 있습니다.
기사 계급과 귀족 들은 어떠한 명령이라도 따를 것입니다.
평민들의 충성심을 증가시킵니다.
통솔력 150% 증가.
카리스마 150% 증가.
일시적으로 전투와 직접적으로 관련되지 않은 스탯들이 40 증가합니다.
황제의 권위는 직접 전투를 치르기 전까지 자동으로 유지됩니다.
스킬을 취소하지 않고 전투를 치르게 되면, 황제의 권위의 효과가 주인이 바뀔 때까지 지속적으로 감소합니다.

황제는 직접 선봉에 서서 싸우지 않는다.

황제의 권위 스킬을 활용하기 위해서는 반드시 필요한 조건!

데스 나이트들이 무릎을 꿇었다.

"명령을 따르겠습니다."

일단 충성 서약을 받았으니 쉽게 배반하지 않으리라.

더군다나 언데드의 군주인 그가 직접 일으켰기에 필요한 초기 과정은 끝났다고 할 수 있다.

위드는 흡족하게 웃으며 스킬을 취소했다.

"스킬 해제, 황제의 권위!"

수정 해골을 장식하던 광휘가 슬그머니 사라졌다.

"평소에 이 상태로 마을을 돌아다닌다면 제법 쓸 만하겠군."

위드는 언데드 라이즈로 여러 종류들의 언데드들도 일으켰다. 지난번보다도 최소한 레벨이 30%에서 40%씩은 높아지고, 힘도 좋아진 언데드들!

"가자!"

위드는 언데드들을 볼라드가 있는 곳으로 진입시켰다.

"데스 나이트들이 각자 나눠서 맡아라. 언데드들은 지원 공격에 집중해라!"

구울이나 좀비 들에겐 위드의 곁을 지키는 임무가 주어졌다. 스켈레톤 메이지들이 마법 공격을 하고, 금인이가 화살을 쏘았다.

데스 나이트들이 주력군이 되면서 볼라드 5마리도 약간의 피해만으로 잡을 수 있었다.

데스 나이트가 위험한 순간들도 있었지만, 그때마다 아슬아슬하게 위드가 가지고 있던 생명력을 옮겨 준 덕이었다.

"이제 사냥이 되는군!"

위드는 볼라드들의 시체를 이용해서 말들을 소환했다. 데스 나이트들이 탈 수 있는 공포의 말.

위드는 테어벳을 사냥한 다음에는 몬스터들의 발을 잠깐 동안 묶어 놓을 하급 언데드를 소환하고, 볼라드를 사냥한 다음에는 데스 나이트와 마녀의 숫자를 늘렸다.

양뿐만이 아니라 질에도 신경을 쓰는 단계.

더럴의 마녀들이 소환되면서 전투에 사용되는 마법들이 다양해지고 위력도 강해졌다.

위드의 언데드 군단이 보여 주는 전반적인 수준이 훨씬 높아져 있었다.

"빠르게 진격해라!"

위드는 안식의 동판의 내구도가 다하기 전에 시간을 최대한 아껴서 전진했다.

볼라드들을 사냥하면서도 언데드의 전체적인 수량은 크게 줄어들지 않았다. 볼라드로 일으킨 시체들이 늘어나면서 전력 감소는 없다고 봐도 됐다.

"뼈들이 성장해서 온몸을 감싸도록 해라. 본 아머!"

시체에 여유가 생기니 데스 나이트들에게 마법으로 뼈 갑옷도 만들어 주었다.

저항력도 없고 방어력도 높지는 않지만, 부실한 갑옷을 걸친 것만으로도 데스 나이트들은 훨씬 편하게 싸울 수 있었다.

"시체들이 쌓이고 쌓여서 여기에는 생명체가 존재하지 않는다. 내가 만들어 낸 시체들의 무덤만이 있을 뿐이리라. 망자의 무덤!"

위드가 전투를 하는 지역에 묘비들이 솟아났다.

한정된 지역에서 네크로맨서 스킬을 강화하고, 언데드들의 회복력을 증가시켜 주는 지원 마법이었다.

마침내 볼라드들의 경계를 뚫고, 까마귀로 변신한 상태로만 올 수 있었던 조각사들의 유산이 있는 지역에 도착했다.

균열된 대지는 지하 300미터 아래까지 보이고, 그 밑에는 용암이 흘렀다.

"조심해서 걸어라."

위드는 대지의 균열을 피해서 몬스터들과 싸웠다.

지골라스의 악령, 데반의 영혼, 길을 잃은 성난 바바리안 들!

"악령들은 가능한 피하는 편이 좋겠군."

테어벳보다는 약하지만, 네크로맨서에게는 싸움이 끝난 후에 시체를 남기는 것도 중요했다. 지골라스의 악령이나 데반의 영혼을 피해서 바바리안들과 전투를 치렀다.

힘이 무척 좋은 바바리안 전사들은 데스 나이트들과 호각으로 싸웠지만, 위드의 저주와 마녀들의 공격까지 당해 내지는 못했다.

몬스터나 적들을 훨씬 많은 다수로 때려잡는 기분은 직접 느껴 보지 않으면 알 수 없으리라.

폐허의 탑에서는 잠깐 명상을 하며 마나를 최대한으로 회복했다.

이제부터는 정말 힘든 관문인 혼돈의 전사들이 있었다.

볼라드도 우습게 사냥하는 혼돈의 전사들. 이들을 뚫고 가지 못한다면 아르메니아 해적단의 위치까지 도달할 수 없다.

"놈들을 죽여라!"

언데드 군단이 우르르 혼돈의 전사들을 향해서 몰려갔다.

혼돈의 전사들은 8명!

레벨은 알려져 있지 않았다.

"썩은 시체들이여, 깨끗한 불로 정화되어라."

혼돈의 전사들이 언데드 군단을 향해 도끼와 채찍을 휘둘렀다. 채찍에 닿는 순간 만만한 좀비나 구울, 스켈레톤은 초고열의 화염에 의해 녹아 버렸다.

무시무시한 공격력이었다.

반 호크조차도 혼돈의 전사 셋의 합공에 간신히 2분 정도 버티다가 역소환되었다. 데스 나이트들도 혼돈의 전사들에 의하여 잔인하게 몸이 쪼개졌다.

어쨌든 놈들이 언데드들에 휩싸이는 것을 본 위드가 저주 마법을 외우려고 하는 순간이었다. 도망치든 계속 싸우든 간에 저주는 걸어 주는 편이 훨씬 유리하기 때문이었다.

"블링크."

혼돈의 전사들이 동에 번쩍 서에 번쩍 하는 식으로 날뛰었다. 단거리 텔레포트인 블링크를 시전하면서 마녀들이나 데스 나이트들을 참살하고 있었다.

위드가 범위 저주 마법을 감히 걸 수 없을 정도로 재빨랐다. 잠깐 머뭇거리는 사이에도 언데드들의 규모가 급속히 줄어들고 있었다.

음머어어어!

누렁이가 급하게 울면서 내달리기 시작했다.

"도망치자, 주인."

위드도 적극 찬성이었다.

"금인아, 튀어라!"

네크로맨서의 한계 **301**

이럴 때면 굉장히 빠른 금인이는 빛의 날개까지 펼치면서 도주!

 나중에 남은 병력을 추슬러 보니 땅에 묻힐 때가 다 된 것 같은 좀비 일곱과 데스 나이트 둘, 스켈레톤 10여 마리 정도가 남았을 뿐이었다.

 위드가 도주를 한 이후로 네크로맨서의 지휘를 받지 않은 언데드들이 제멋대로 싸웠다고 해도, 처참한 수준이었다.

 그에 비해서 능선에서 아무렇지도 않게 테어벳의 고기를 뜯고 있는 혼돈의 전사 8명은 멀쩡해 보였다.

 "안 되겠군."

 위드는 다시 언데드를 늘려야 했다.

 조각사들의 유산이 있는 부근에서 테어벳과 볼라드를 사냥하면서 사냥에 집중했다. 그리고 언데드들이 늘어났을 때 재차 시도했다.

 "복수를 위해 다시 돌아왔다. 놈들을 모두 죽여라!"

 언데드를 모아 혼돈의 전사들에게 두 차례 시도를 더 해 봤지만 과감한 집중 공격으로 간신히 1마리를 사냥했을 뿐 실패!

 혼돈의 전사 1마리를 사냥했을 때에도 위드가 언데드 라이즈 마법을 사용했다.

 그러자 다른 혼돈의 전사들이 심하게 날뛰어서 위드의 목숨까지 위험해져 곧장 퇴각하는 수밖에 없었다.

"레벨 차이가 너무 나니 내가 되살아나더라도 가능성이 희박해."

죽음을 거부할 수 있는 힘에 의해 위드가 부활하더라도 죽는 횟수를 늘리는 결과밖에는 나오지 않는다.

엄청난 스킬 숙련도 하락이 생길 수도 있지만 그렇다고 하더라도 싸우지 않을 수가 없었다.

위드는 언데드 군단을 최대로 끌어모았다.

"3마리만 죽이면, 그리고 저주 마법만 제대로 걸리면 승산은 있다."

하지만 너무 빨리 움직여서 저주 마법이 거의 안 걸렸다.

언데드 군단이 급속도로 줄어들면서 다시 퇴각!

네 번째 전투에서도 언데드 군단만 잃고 돌아와야 했다.

만약 네크로맨서로서 언데드 군단이 없었더라면 위드나 누렁이, 금인이가 죽었으리라.

"현재 존재하는 직업 중에서는 최강이라고 할 수 있는 네크로맨서인데……."

독자적으로 언데드 군단을 부릴 수 있으니, 시체들만 충분하게 갖춰진다면 개인으로서는 최강의 전력이라고 할 수 있다. 물론 엄청난 돈을 들여서 용병들을 구하는 경우도 있지만, 레벨이나 스킬만을 놓고 본다면 최강의 전투 직업이 네크로맨서였다.

다만 지금보다도 아주 레벨이 높아지고 스킬의 숙련도가

거의 마스터에 달한다면 이야기는 달라질 수도 있다.

네크로맨서는 값싼 언데드를 주로 제조했다.

본 드래곤이나 특수한 과정을 거쳐서 만드는 고위 언데드들도 있지만, 그런 언데드들이라고 할지라도 최강은 아니다.

공격력과 방어력이 뛰어나고 장비까지 좋은 검사들은 언데드들을 헤집어 놓을 수도 있고, 장비들이 받쳐 준다면 잘 죽지도 않을 것이다. 스킬 숙련도를 정말 올리기가 어려운 마법사들의 상급 마법 위력도 막강하리라 추측되고 있었다.

어쨌거나 현재로써는 최고의 직업이라고 할 수 있는 네크로맨서로서도 지골라스에서 원하는 대로 돌아다니는 것은 무리였다.

위드는 혼돈의 전사와 싸우기보다는 일단 언데드 군단을 데리고 사냥에 전념했다.

열이틀간 올린 레벨이 5개나 되었다.

─안식의 동판 내구도가 1이 되었습니다.

안식의 동판 내구도도 결국 한계에 달해서, 부서지기 전에 배낭에 넣었다.

─안식의 동판의 효과가 사라집니다.

언데드들이 원래대로 돌아오고, 스탯들도 원상 복귀되었다. 마나의 양과 회복 속도도 떨어졌다.

네크로맨서의 조종을 받지 못하는 일부 언데드들은 제멋대로 돌아다니다가 땅의 균열로 떨어져서 소멸되거나 몬스터들에 의해서 부서졌다.

5단계 언데드 소환 스킬을 쓸 수 없게 되었지만 먼저 소환해 둔 마녀들은 그대로 유지할 수 있었다.

"다시 테어벳이나 볼라드 사냥이나 해야겠군."

위드는 깊은 고민에 잠겼다.

네크로맨서는 통솔력이나 카리스마 스탯이 가끔 증가했다. 그래도 여러 스킬 숙련도나 인내력, 맷집 스탯을 올리기 위해서는 차라리 조각사로 돌아가는 편이 나을지도 모른다.

조각품을 10개 정도 만들고 생명을 부여한다면, 지금처럼은 아니더라도 테어벳 사냥도 꽤나 짭짤할 것이기 때문.

위드가 이래저래 갈등하고 있을 무렵 멀리서 다가오는 인기척이 있었다.

"여기는 몬스터들이 오지 않는 장소일 텐데."

능선 너머에서부터 검은 망토를 입은 창백한 얼굴의 후리후리한 미남자와 거짓말처럼 아름다운 여인이 걸어오고 있었다.

지골라스의 황폐화된 땅, 언데드들이 있는 장소를 향하여 걸어오는 둘.

"여기에 모험을 하고 있는 다른 유저가 있었나? 저 여자는 꼭 서윤처럼 예쁘군."

위드는 서윤처럼 예쁜 여자가 또 있다는 사실이 이해가 안 갔다. 저런 미녀가 5명만 되더라도, 전 세계의 자살률이 확 줄어들어 버릴 것이다.

"남자들은 특히 자살을 안 할 거야."

먼발치에서라도 그녀를 보면 가슴속에 차오르는 보람과 삶에 대한 의지가 생길 테니까.

절망에서의 구원자.

방에서 나오지 않는 은둔자들조차도 창문을 통해 서윤을 보면 집 밖으로 뛰쳐나올 것이다.

데스 나이트도 옆에서 한마디 했다.

"칠흑처럼 검은 옷이나 키 크고 창백한 얼굴은 토리도와 닮았다, 주인."

"그래, 많이 닮았군."

위드가 언데드 군단과 함께 지켜보는 사이, 둘은 그들이 있는 곳으로 걸어오고 있었다.

본 드래곤과 싸울 때 이후로 굉장히 오랜만이라서 장비가 바뀌어 빨리 알아보지 못했다. 하지만 얼굴을 충분히 확인할 정도로 가까이 다가오니 정말 서윤과 토리도였다.

드린펠트가 이끄는 하벤 왕국의 함대는 유령선의 항로를

그대로 따라왔다.

바다 생물들을 목격자로 하여 데론해까지 왔다.

"놀랍군. 바다에 대해서는 잘 모르는 걸로 알고 있었는데, 이렇게 먼 지역까지 모험을 한 건가?"

가까운 곳에 있을 거라는 예상과는 달리 굉장한 거리를 따라오면서 드린펠트는 위드에 대한 평가를 수정해야 했다.

데론해의 오로라와 빙하 지역까지 온 것이다.

"도대체 퀘스트를 위한 목적지가 어디이기에 이렇게 먼 거리를 온 거지?"

함대는 식량을 보급하기 위해서라도 몇 번 상륙해서 쉬어 주어야 했다.

드린펠트를 비롯해서 하벤 왕국의 유저들도 낚시 스킬 정도는 사전에 익혀 두었다. 바다 사나이들에게는 필수적인 스킬이라고 할 수 있지만, 함대 전체를 먹여 살릴 정도는 되지 않았던 것이다.

"함장, 춥습니다!"

빙하 지대를 항해하면서 준비되지 않은 선원들 중 많은 수가 독감에 걸렸다.

"정말 데론해까지 올 줄은 몰랐군. 선원들의 피해가 제법 크겠어."

드린펠트는 하벤 왕국의 함대를 끌고 이런 장거리 항해를 하게 될 줄은 몰랐다. 하벤 왕국 함대의 선원들이나 배에 피해라도 생긴다면 그가 고스란히 책임을 져야 했기 때문이다.

함대에 대한 지휘력을 유지하기 위해서는 일정한 성과가 필요한데, 자칫하다가는 문책을 당하게 생겼다.

부관이 염려스러운 듯이 말했다.

"지금이라도 돌아갈 수 있습니다. 위드에 대한 추적을 포기하고 귀환할까요?"

드린펠트는 고개를 저었다.

"아니야. 여기까지 와서 돌아간다는 건 이미 늦었다. 그대로 강행 돌파한다."

하벤 왕국의 함대는 빙하 지대를 억지로 돌파, 그 과정에서 273명의 선원들이 사망했다.

돛을 조정하고 관측을 하느라 가벼운 옷차림을 하고 있던 선원들이 추위에 그대로 노출된 영향이 컸다.

중간에 바다 생물들로부터 유령선의 진행 경로가 바뀐 것을 듣고 얼지 않는 강으로 함대를 이끌지 않았더라면 피해는 속수무책으로 커졌을 것이다.

"도대체 어디로 가고 있기에……."

드린펠트와 하벤 왕국의 함대에 속한 유저들 사이에선 의혹과 추측이 난무하고 있었다.

"무슨 보물섬이라도 발견한 건가? 황금이 지천으로 널려 있고, 좋은 무기들이 많은 장소 말이야."

"역시 바다에 있는 모든 유저들이 꿈에서라도 바란다는

보물섬?"

"내 생각에는, 보물섬보다는 보석을 가득 싣고 있는 침몰선을 찾는 것 같아."

"위드니까 데론해의 어떤 전설을 쫓고 있을지도. 전설의 무기나 값을 따지기 힘든 보석 왕관 같은 물건이겠지."

"어디든지 갑시다!"

유저들의 사기는 높았다. 위드의 뒤를 쫓을수록, 가는 길이 험할수록 더 큰 보상이 기다리고 있을 것이기 때문이다.

왕국의 이익을 극대화하는 사략 함대의 특성을 가지고 있는 제2함대는 바다에서 타국의 배를 만나면 약탈하는 경우가 잦았다. 위드의 장비들은 물론이거니와 가능하다면 퀘스트도 가로채고 싶다는 기대를 품고 뒤를 쫓고 있었다.

모라타에 방문한 중앙 대륙의 상인들은 불만이 이만저만이 아니었다.

"저번만 해도 통행세가 3%밖에 되지 않았는데 왜 5%로 올랐단 말인가?"

"영주라고 갑자기 이런 식으로 세금을 올려도 되는 거야?"

상인들이 뭉쳐서 항의를 해 봤지만, 모라타의 유저들로부터 호응을 얻기는 어려웠다.

5% 정도의 통행세라면 상당히 저렴한 편이었다. 중앙 대륙에서는 15%, 20%, 심지어는 35%에 이르는 과한 통행세를 책정하는 경우도 있었기 때문이다.

 더구나 통행세는 모라타의 상인이 아닌, 다른 지역 출신의 상인들에게만 부여되는 세금 항목.

 모라타 지역 상인들에게는 반길 만한 일이기에 동조해 주지 않았다.

 "이렇게 세금을 올리는 것은 납득할 수 없어."

 "우리를 무시하는 것도 정도가 있지, 모라타의 영주는 우리 상인 연합의 배후에 누가 있는지도 모르나?"

 상인들이 뭉쳐서 떠들썩하게 소란을 피웠다. 그러다가 누군가가 외쳤다.

 "이렇게 우리끼리만 말할 게 아니라 영주성으로 갑시다."

 "가서 따져 봅시다!"

 상인들은 영주성을 향해서 우르르 몰려갔다. 물론 모라타의 영주인 위드가 자리를 비우고 있는 상황임을 알고 벌이는 일이었다.

 그들은 경비를 향해 항의했다.

 "갑자기 통행세를 높이다니 어떻게 이럴 수가 있소!"

 "담당자를 만나러 왔소!"

 중앙 대륙 출신 상인들의 명성이나 권력, 영향력은 엄청난 수준이었다. 경비병은 그들을 영주성의 상업을 담당하는 부

서로 정중히 안내했다.

"이곳이 모라타에서 상인 분들의 편의를 돌봐 주는 상업청입니다."

상인들이 문을 박차고 들어갔다. 하지만 지푸라기가 깔려 있었고, 암소들이 송아지를 돌보는 중이었다.

"무슨 상업청을 이런 식으로 꾸며 놨어! 담당자는 어디에 있지?"

상업청의 여물통에는 명패가 있었다.

모라타 상업청 대표—누렁이

누렁이는 현재 공석이었다.

"여기서 이럴 게 아니라, 어차피 통행세의 담당자에게 항의해야 하지 않겠소?"

"그게 맞는 거겠지."

상인들은 다시 나와서 재무청을 찾았지만, 금인이도 자리에 없었다. 그리고 조세1차장 등의 직함을 맡고 있는 건 와이번들!

와이번들은 높은 첨탑에 있으면서 가끔 모라타로 돌아왔다. 그 때문에 와이번들을 만나기도 어려웠다.

상인들은 명성이나 화술을 이용하여 설득하려고 했지만 대상이 없었다. 물론 와이번이 자리에 있다 한들 인간의 말을 느긋하게 제대로 들어 줄지도 의문이었지만.

"담당자가 모두 자리를 비우고 없다니. 그러면 모라타의 다른 중역을 만나 보는 건 어떻겠소? 어차피 모라타의 정책에 대해서 입김을 넣을 수는 있을 테니까."

"그게 좋겠군."

상인의 대표는 재무청을 나와서 군사청으로 들어갔다.

영주성의 보수와 개량으로 인해서 신설 부서들이 생겼고, 담당자들도 모두 임명되어 있었던 것이다.

군사청 담당—빙룡, 불사조 사냥 중

위드는 각 요직에 조각 생명체들을 임명해서 실질적인 권력을 독차지했다. 그 때문에 상인들로서는 뇌물이나 협상을 통해 정책을 바꾸도록 압력을 넣는 것 자체가 불가능했다.

이것이야말로 독재 권력의 힘!

공헌도를 높게 쌓은 기사들이나 상인들이 훗날 높은 자리로 진출할 수도 있겠지만, 현재는 위드 혼자 절대 권력을 행사했다.

TO BE CONTINUED

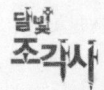

기갑천마

거짓이슬 퓨전 판타지 장편소설

종말을 막지 못한 절대자
복수의 기회를 얻다!

무림을 침략한 마수와의 운명을 건 쟁투
그 마지막 싸움에서 눈감은 무림의 천하제일인, 천휘
종말을 앞둔 중원이 아닌 새로운 세상에서 눈을 뜨는데……

"천휘든 단테든, 본좌는 본좌이니라."

이제는 백월신교의 마지막 교주가 아닌 평민 훈련병, 단테
그럼에도 오로지 마수의 숨통을 끊기 위해
절대자의 일 보를 다시금 내딛다!

에이스 기갑 파일럿 단테
마도 공학의 결정체, 나이트 프레임에 올라
마수들을 처단하고 세상을 구원하라!